August von Kotzebue

Der Eremit auf Formentera

Ein Schauspiel mit Gesang in zwei Aufzügen

August von Kotzebue

Der Eremit auf Formentera
Ein Schauspiel mit Gesang in zwei Aufzügen

ISBN/EAN: 9783743645769

Hergestellt in Europa, USA, Kanada, Australien, Japan

Cover: Foto ©Andreas Hilbeck / pixelio.de

Weitere Bücher finden Sie auf **www.hansebooks.com**

Der
Eremit auf Formentera.

Ein
Schauspiel mit Gesang
in zwey Aufzügen.

Von
August v. Kotzebue.

Frankfurt und Leipzig.

1790.

An
Fräulein Maria von Rosen.

Gewiß, liebenswürdige Freundin, erinnern Sie sich noch jener fröhlichen Stunden, in denen vor zwey Jahren, der Eremit in Ihrem Hause entworfen, und auf ihrer eigenen Bühne zum Erstenmal gespielt wurde. Ihre sanfte, rührende Stimme gab damals meiner Selima dasjenige Interesse, welches der Dichter umsonst in die Worte zu weben sucht, wenn der schmelzende Ton jugendlicher Unschuld sie nicht begleitet. Ihnen widme ich anjetzt dieß kleine Stück; nehmen Sie es aus meinen Händen, mit jenem gefälligen Lächeln, das Ihnen so eigen ist. Sie und Ihre vortrefliche Eltern, haben mich zu dem süßen Bruder-

Namen berechtigt, wenn also auch dieß
Kind meiner Muse Ihrer Eitelkeit nicht
schmeichelt; so betrachten Sie es wenigstens als einen Beweis meiner brüderli-
chen Liebe, als einen Beweis, wie oft
und gern sich mein Herz mit Ihnen beschäftigt, wie oft und gern ich Ihnen
zeigen möchte, daß ich es nie vergessen
werde, wie einst die wohlthätige Hand
Ihrer guten Eltern, die Dornen weg-
riß, die das Schicksal auf meinen Weg
gestreut hatte, und mir das erhielt, was
mir das theuerste auf der Welt ist. Nie
werde ich ohne innige Rührung Ihren
Namen nennen, nie wird es meinem
Auge, so lange es offen steht, an einer
dankbaren Thräne mangeln.

K.

An den Leser.

Dieß kleine Schauspiel ist von dem berühm-
ten Kapellmeister Wolff in Weimar in Musik gesetzt worden, und hat auf einigen Büh-
nen Beyfall erhalten. Freilich bescheid ich
mich gern, daß dieser Beyfall größtentheils
der vortreflichen Musik gebührt; da aber einige meiner Freunde mir schmeicheln, daß das
Stück selbst nicht ganz ohne Interesse sey;
so hoffe ich für die Bekanntmachung desselben
Verzeihung zu erhalten.

—————

A 3

Perfonen:

Der Eremit.

Fernando, fein alter Diener.

Selima, eine Türkin.

Haffan Machmut, ein Algierifcher Seeräuber.

Dom Pedro Oliveiro, ein junger Spanier.

Pedrillo, fein Diener.

Chor der Türfen.

Spanifche Sklaven.

Der Schauplatz ift auf Formentera, bekanntlich eine
Infel, ohnfern der fpanifchen Küfte, die wegen
der Menge der Schlangen unbewohnbar ift.

Erster Akt.

Erste Scene.

(Im Hintergrunde der Ocean. Noch brauſt das Meer und die Wellen brechen ſich am ſteilen Ufer. Doch vorüber zog das Wetter, das in der vergangenen Nacht wütete, und ſchon beginnt ruhiger zu werden die tobende See. Die Sonne ſteigt breiter empor, ihr Strahl zerreißt das Gewölke. Alles dies kündigt die erſte Symphonie an, in deren erſte Hälfte der Vorhang ſich öffnet. — Die Hütte des Eremiten mit Moos gedeckt, auf einem Felſen an der See. — Eine Raſenbank — Am Ufer des Meeres liegt Selima ohnmächtig, von den Wellen ausgeworfen. Der Eremit tritt aus der Hütte, doch ohne Selima zu bemerken.)

Stolze Siegerin der Schatten!
Morgensonne sey gegrüßt!
Ha! wie auch in mich, den Lebenssatten,
Dein Erscheinen Wonne gießt.

Die Donner verstummen,
die Sturmwinde schweigen,
auf Blumen und Zweigen
lebt Alles und flattert
und zwitschert und schnattert
der kommenden Sonne den Morgen=
gruß zu.

Stolze Siegerin der Schatten!
Morgensonne sey gegrüßt!

Wieder eine lange Nacht durchwacht fin=
ster und grauenvoll, wie das Loos meines Le=
bens. — Und nun die kommende Sonne, wie
ihr Bild auf den Wellen zittert; wie sie sich
spiegelt in jedem Thautropfen, neues Leben
gießt in Myriaden Geschöpfe, hervorlockt jeden
Wurm, und aufrichtet jede vom Sturm ge=
beugte Pflanze. Die ganze Natur lächelt ihr
entgegen, und nur ich verzog mein Gesicht

zum Weinen? und nur ich öffnete meinen Mund zum Seufzen? — Sie trocknet auf die Spuren des Ungewitters, und könnte nicht auftrocknen die Thräne, die in meinem Auge schwimmt? — Fasse Muth! alter, graugewordener Pilger! es ward dir ein trüber Tag beschieden; aber eben so herrlich wird dir einst die Sonne am Morgen eines bessern Lebens hervorgehen, wird dir nicht seyn wie heute, ein Bote des verlängerten Jammers — (Pause. Er blickt starr in die Kulisse, nach einer entfernten Gegend.) Für wen beleuchten deine Strahlen so hell jenen Marmor? Ich bin ja der einzige Bewohner dieser Wüste, und trage ein Denkmal in meinem Herzen, ewig und stark wie die Liebe. — Leonore! Leonore! das Schicksal grub deinen Namen tiefer in diese Brust; als diese zitternde Hand ihn in jenen Stein zu graben vermochte! Ströme von Thränen verwischen nicht eine einzige Spur der Vorzeit, hemmen nie das tobende Hinstreben, nach alle dem, was einst war, und nun nicht mehr ist. — Achtzehn elende Jahre der Reue und Buße, und noch o Schicksal! zerschneidest du nicht den Faden meines jammervollen Lebens! Gott! du schufst diese Einöde nur, um von Schlangen bewohnt zu werden; warum gebotest du ihnen, meiner zu schonen? sie fliehen

vor mir, denn deine Hand hat mich gezeich-
net, wie sie den ersten Mörder zeichnete.

Zweyter Auftritt.

Fernando aus der Hütte.   Der Eremit.
Selima.

Fernando. Herr! das Frühstück wartet
euer.

Der Eremit. Das beste genieß ich schon,
den Anblick dieses heitern Morgens.

Fernando. Und nun will ich ein wenig
auf dem Felsen herumklettern. Ein paar Möweneyer zur Mittagskost, nicht wahr Herr?

Der Eremit. Wie du meynst, lieber Fernando.

Fernando. Und dann will ich hinab in
die Bucht. Ich hörte gestern gegen die Nacht
stark schießen. Was gilts, unser ehrlicher Seeräuber ist auf der Fahrt. Die gewöhnliche
Zeit seines Kommens rückt näher.

Der Eremit. Ist fast vorüber, willst du sagen. Ich bin besorgt um ihn.

Fernando. Ich nicht. Er ist ein braver Kerl, obgleich nur ein Türke, Gott wird ihn schützen.

Der Eremit. Aber wo bleibt er? unser Vorrath geht zu Ende! Wir haben uns gewöhnt an seine Hülfe.

Fernando. Ihr wißt, wie er euch vorm Jahr erzählte, daß unsere Landsleute Algier beschossen und er sich wacker mit ihnen herum gebissen. Kam er nicht auch zwey Wochen später als gewöhnlich? — Lebt wohl Herr! ich suche nach Möweneyern. Wollt ihr nicht unterdessen die Gartenthüre ausbessern? und einen neuen Korb flechten? Binsen habe ich zurecht gelegt.

Der Eremit. Gut Fernando, geh nur.

Fernando. Auch hat es diese Nacht durch geregnet. Wenn ihr ein wenig Moos nähmt und die Spalten mit Harz verschmiertet. —

Der Eremit. Gut, gut Fernando! ich werde nachsehen.

Fernando. Holz muß auch gefällt werden; doch das hat Zeit bis auf den Abend.

(Er geht und erblickt Selima.) Heilige Jungfrau! was ist das?

Der Eremit (fährt zusammen.) Ein Leich-nam? — (er tritt näher.) eine Beute des Sturms der entwichenen Nacht.

Fernando (faßt sie bey der Hand.) Kein Leichnam! das ist nicht das Starren eines todten Körpers. Hier ist noch Leben. (Er läuft in die Hütte.)

Der Eremit (sie betrachtend.) Kein Bluts-tropfen auf ihrer Wange — kein Blutstro-pfen in ihrer Lippe — ihre Nägel sind blau — und doch — ein reizendes Geschöpf! — Fast wäre es Grausamkeit sie zu wecken aus ihrem Todesschlummer. Sie hat den schweren Kampf einmal überstanden.

Fernando (der unterdessen mit Hülfsmitteln zurückgekommen und beschäftigt ist, Selimen zu erwe-cken.) Christen Pflicht, Herr! wer weiß, wo-zu es frommt! — sie hat vielleicht Eltern, die uns segnen werden, sie hat vielleicht einen Geliebten, der um ihren Verlust jammert! —

Der Eremit. Recht, Fernando! sie hat vielleicht einen Geliebten! ich fühle die Gewalt dieser Worte.

Fernando. Triumph! Herr! sie ath=
met — ihr Busen hebt sich — ihr Herz klopft —

Selima (schlägt die Augen auf) Allah! (er=
hebt sich langsam, blikt schüchtern umher mit leiser Stim=
me) Wo bin ich? — Großer Prophet! was ist
mit mir vorgegangen! — Wer seyd ihr?

Der Eremit. Menschen, wie du, nur
anders gekleidet, als du vielleicht gewönlich
sie sahst. Fasse Muth! arme Unglükliche!
scheue dich nicht für diesem grauen Bart! er=
schrek nicht für diesem härenen Kittel! es
schlägt ein fühlbares Herz darunter. Was
meen ist, ist dein. Meine Hüte und mein
Herz stehen jedem unglüklichen offen.

Selima. Wer ihr auch seyn mögt, gu=
te Menschen! ihr verbindet euch ein Dankba=
res Herz. Das ist alles was das Schicksal
mir übrig ließ.

(Der Eremit und Fernando führen sie auf die Ra=
sebank — sie stützt den Kopf schwermüthig auf
die Hand.)

D u e t t.

Der Eremit und Fernando.

Fasse Muth! fasse Muth!
Dich prüfte die Vorsicht,

ihre Wege sind dunkel,
ihre Wege sind gut.

Der Eremit.

Das Gewebe seines Schicksals
ist dem Menschen unbekannt;
aber über unsern Tagen
waltet eine höh're Hand!
Milde Hofnung! Himmels Tochter
Die kein Leiden ganz dir raubt!
O gewiß der Ewge zählte
jedes Haar auf deinem Haupt!

Beyde.

Fasse Muth! fasse Muth!
Dich prüfte die Vorsicht,
ihre Wege sind dunkel,
ihre Wege sind gut.

Fernando. Munter, junges Frauen=
zimmerchen! Wir sind schon zwölf Jahr auf
dieser Insel, und Gottlob! wir haben uns
noch keinen Abend hungrig zu Bette gelegt.
Am nothdürftigsten solls euch nicht fehlen. Ein
Bett von frischen Binsen, und weichen Moos;
ich leihe euch meine wollene Decke dazu — fette
Milch, süße Pomeranzen, saftige Melonen —

Selima. Wo bin ich denn?

Der Eremit. Auf der Insel Formentera, nahe an der spanischen Küste.

Selima. (mit einer Bewegung der Freude.) An der spanischen Küste? — ist es weit dahin?

Der Eremit. Nur wenige Meilen.

Selima (dringend) Gute Männer! könnt ihr mich nicht hinbringen?

Fernando. Junges Frauenzimmerchen, das geht nicht! unsere ganze Flotte besteht in einem Boot ohne Steuer, mit einem Stück Segel daran, womit wir in der Bucht fischen.

Selima. Seyd ihr denn die einzigen Bewohner dieser Insel?

Fernando. Die Einzigen. Die Insel wimmelt von Schlangen, und zu holen ist auch nicht viel. Es wagt so leicht keiner, seine Hütte hier aufzuschlagen.

Selima. (zum Eremiten) Und du? —

Der Eremit. Der unglückliche fürchtet keine Schlangen.

Fernando. Wir haben ein gut Gewissen, Frauenzimmerchen, das ist unsere Leibwache.

Selima. Ach! dann darf ich noch weniger bei euch bleiben.

Fernando. Nu, nu, wer sich selbst anklagt, ist nur halb strafbar.

Selima. Landen denn keine Schiffe an dieser Insel?

Der Eremit. Selten oder nie.

Fernando. Doch sind wir nicht ganz verlassen: jährlich besucht uns ein ehrlicher Türke, und dann wird in dieser Hütte, so klein sie ist, hoch geschmaust; dann holen wir unsern Maderawein aus dem Keller und pflücken unsere besten Früchte im Garten. Dann würzen wir die Speisen mit Freundschaft, und den Nachtisch mit Freude — Aber ihr hört mich nicht Frauenzimmerchen? Muth! Muth! faht ihr den Himmel rabenschwarz in der vergangenen Nacht und nun scheint doch die Sonne wieder — — Kommt, trocknet eure Kleider an der Sonne! ich geh unterdessen und schlacht' ein Hündchen, und koche euch eine Suppe, wie sie der Prinz von Asturien nicht auf seiner Tafel hat.

Zufriedenheit ist unser Koch!
und Hunger unsre Würze!

Dreymal süßer ist die Frucht,
die wir selbst gepflücket,
süßer ist der Beere Saft,
die wir selbst zerdrücket,
kräftiger ist unser Brod,
das wir selbst gebauet,
kühlender ist unser Trank,
den wir selbst gebrauet.

Zufriedenheit ist unser Koch
und Hunger unsre Würze!

(geht in die Hütte.)

Dritter Auftritt.
Selima.   Der Eremit.

Der Eremit. Wie ist Dir?

Selima (mit gefälligem Lächeln.) Besser.

Der Eremit. Wie nenn ich dich?

Selima. Selim.

Der Eremit. Du bist eine Türkin?

Selima. Aus Algier.

Der Eremit. Welcher Zufall führt dich
an diese Küste?

B

Selima. Mich führte die Liebe. — Ehrwürdiger Greis! dein Blick flößt dem scheuen Mädchen Zutrauen ein. Laß mich meinen Kummer ausschütten in deinen Busen! laß mich Trost suchen in jener heiligen Religion, die mein Geliebter mir so oft anprieß. Gewiß bist du ein Diener des Gottes der Christen?

Der Eremit. Ja, liebe Selima, ich bin ein Diener Gottes, ein Christ geboren; ein Freund jedes Biedermanns, ein Beschützer jeder frommen, schuldlosen Seele, sie lebe im Kloster oder im Serail.

Selima. Fromm und schuldlos war ich einst (mit einem Seufzer.)

Der Eremit. Und bist es noch; oder dein sanftes Auge lügt.

Selima. Ach! ich bin strafbar! Felsen liegen auf mir! Feuer tobt in mir: Ach! ich bin strafbar! und doch habe ich nur einen Fehltritt gethan! Gewissensbisse zerfleischen mein Herz! Jammer und Elend folgen mir auf der Ferse — und doch hab ich nur einen Fehltritt gethan!

Der Eremit. (sehr bewegt, in sich:) Nur einen Fehltritt! — o wie das jede schlum=

mernde Empfindung meines Herzens weckt! (zu Selima:) sprich weiter.

Selima. Ich bin meinem Vater entflohen, (mit unterbrochenem Schluchzen) der mich über alles liebte — der dem kleinsten meiner Wünsche zuvorkam — und der jetzt vielleicht, mir fluchend, seine grauen Haare ausrauft! —

Der Eremit. Fasse dich! du zitterst.

Selima. Vergieb die Verwirrung meiner Sinne! (sie sucht sich zu fassen.) Mein Vater ist ein angesehener Mann in Algier. Als wir Nachricht erhielten, daß die spanische Flotte gegen unsere Stadt im Anzug sey, lief er mit zwey Schiffen aus, um zu kreuzen. Nicht lange nach seiner Abreise, brachte eines seiner Kanonenböte gefangene Spanier nach Haus, die zur Arbeit in unsern Gärten vertheilt wurden. Unter diesen Sklaven war einer — ein Jüngling — ach! so hatte ich noch keinen gesehen, (feurig) das Grabscheit ward in seiner Hand zum Scepter, der Sklavenkittel zum Purpur! sein Auge — sein Mund — sein Haar — (sanft) hast du je geliebt?

Der Eremit (blickt schwermüthig nach der Gegend des marmornen Denkmals.) Ich habe geliebt!

Selima. Nun, so verstehst du mich ja?

Der Eremit.   Ich verstehe dich.

Selima.   Und entschuldigst mich?

Der Eremit.   (höchst gerührt.) Ich ent-
schuldige dich!

Selima.   Und Allah wird mich auch
entschuldigen! —

> Nein! der Prophet kann dieses Herz nicht strafen!
> weil es klopft für den liebenswürdigen Mann.
> Seine Fesseln kündigten den Sklaven
> und sein Auge einen Sultan an.
> Ach! unverdient war sein Geschick so bitter,
> Er, der in seinem Blick der Liebe Himmel trägt,
> auf dessen Stirn den Biedermann und Ritter
> so unverkennbar die Natur geprägt: —
>
>> Er in Fesseln! unter niedern Sklaven —
>> Ha! wie er so schnell mein Herz gewann!
>> Nein, der Prophet kann dieses Herz nicht
>> strafen.
>> weil es klopfte für den liebenswürdigen
>> Mann.

Der Eremit. Und was thatest du Mädchen, um dieses Herz zu befriedigen?

Selima.   Was ich that? — ich liebte.
— Mir blüheten schöner meines Vaters Gärten, mir lächelte reizender die aufgehende Son-

ne — denn ich liebte! — Ich war herablaſ=
ſend und freundlich gegen meine Sklavinnen,
ich war fromm und gut, denn ich liebte! —
und endlich — eine behagliche Schwermuth
ſchlich ſich in mein Herz — mein Auge war
oft feucht — mein Buſen eng — denn ich liebte.

Der Eremit. Und wurdeſt geliebt?

Selima. (feurig.) Und wurde geliebt!
— O gewiß! ich werde es noch! Ich wollte
dir gern erzählen, wie ſehr wir uns liebten;
aber du weißt es ja ſchon — nicht wahr, es
iſt einem ſo eng und wohl! das Herz iſt ei=
nem ſo voll! man ſieht und hört, man denkt
und fühlt nichts als den theueren Gegenſtand un=
ſerer Zärtlichkeit!—und wenn man auch nicht bei=
ſammen iſt — und wenn man wieder zuſom=
men kömmt — und wenn man ſich trennt —
ach! wenn man ſich trennt —

Der Eremit. Schone meiner! — (er
ſucht ſeine Rührung zu verbergen.)

Selima. Du biſt gewiß auch nicht glück=
lich?

Der Eremit. Frage mich nicht! mein
Glück iſt ein längſt verſtorbener Freund, du
mußt mich nicht an ſeinen Tod erinnern —
Fahre fort! Wie entkamt ihr aus Algier?

B 3

Selima Unter dem Fittig der Liebe, im
Dunkel einer regnigten Nacht. Jubelnd nahm
uns die Flotte der Spanier in Empfang,
jubelnd trug mich mein Geliebter in seinem
Arm an Bord des Admiralschiffs; zum ersten=
mal stand ich entschleyert vor Männern eines
fremden Landes; ich schlug meine Augen nie=
der, und schmiegte mich an meinen Pedro.
Dom Barcello nannte mich die Retterin seines
Freundes. Aber um eben diesen Freund nicht
im kriegerischen Getümmel, durch die Angst
eines Weibes zu entnerven; befahl er mir,
mich auf eine Fregatte zu begeben, die voraus
nach Carthagena segelte, und dort meinen Ge=
liebten zu erwarten. So mußten wir uns
trennen! verlange kein Gemählde der Abschieds=
stunde, sie war bitterer als die Todesangst
der entwichenen Nacht.

Der Eremit. Und diese Fregatte —

Selima. Scheiterte an dieser Küste. Tau=
sende kamen um in den Fluten, nur mich al=
lein erhielt ein strafendes Verhängniß, um zu
weinen über den Verlust meines Geliebten —
über den Verlust meines alten Vaters! — —
(Sie verhüllt ihr Gesicht.)

Der Eremit. Fasse dich, liebe Selima!
komm zurück von der Verirrung deines Her=

zens! Wer seine Unschuld rettet, hat nichts
verloren. Ich habe einen redlichen Freund
in Algier, der mich jährlich zu besuchen pflegt;
ich erwarte ihn täglich. Diesem werde ich
dich anvertrauen, er wird dich zurück führen
in die Arme deines Vaters.

Selima (ängstlich.) Ach! nein, nein! gu=
ter alter, ich hatte einen zärtlichen Vater; aber
er ist ein harter Mann gegen Undankbare, und
ich war ein undankbares Kind. Nein du kennst
nicht die rauhe Denkungsart der Männer un=
serer Nation. Ich will bey dir bleiben, will
dir dienen, so weit es meine Kräfte erlau=
ben. — Noch lebt ein Strahl der Hofnung
in meiner Seele! ich bin so nahe der spanischen
Küste, mich umfließt die Luft, die mein Ge=
liebter athmet! — Ohne ihn — ach! —
ohne ihn —

Der Eremit. Wer sagt denn das? —
nicht ohne ihn — Vertraue meinem Freunde!
Hassan Machmud wird —

Selima (auffahrend.) Gott! welchen Na=
men nanntest du?

Der Eremit. Hassan Machmut. Kennst
du den Mann?

Selima. Haſſan Machmut iſt mein Vater! — (Pauſe.).

Der Eremit (entblößt ſein Haupt mit ge-
rührtem Blick gen Himmel.) Der Finger Gottes!
ſeine Wege ſind dunkel; aber ſie ſind gut —
Und du zagſt Mädchen? — Ich werde dich
deinem Vater wiedergeben.

Selima (zu ſeinen Füßen.) Bey allem was
dir heilig iſt; thue es nicht! verbirg mich!
verbirg mich!

Der Eremit (ſie aufhebend.) Unglückliche!
Verblendete; was foderſt du?

Siehe wie dein alter Vater
jammernd in die Grube ſinkt.

Selima.

Ach, ich ſeh nur den Geliebten,
wie er ſeine Hände ringt.

Der Eremit.

Höre! höre in den Lüften
deines Vaters Klageton!

Selima.

Ach, der Jammer des Geliebten
tönt in meine Ohren ſchon.

Der Eremit.

Siehe, Vaterthränen fließen!
Gute Tochter, trockne sie.

Selima.

Jede Thräne will ich büßen;
doch sie trocknen kann ich nie!

Beyde.
Der Eremit. Armer Vater! von der
Tochter umgebracht.

Selima. Liebe, Liebe, was hast du
aus mir gemacht.

Der Eremit.

Eile! eil in seine Arme!
eile, lindre seinen Schmerz!
Daß sein mildes Vaterherz
sich der Reuigen erbarme.

Selima.

Ach! von Gott und Welt verlassen,
muß der Redliche mich hassen!
Der du hier im Herzen wohnst,
ich bekämpfe dich umsonst.

Beyde.

Der Eremit. Armer Vater, von der
Tochter umgebracht,

Selima. Liebe, Liebe, was haſt du
aus mir gemacht.

Der Eremit. Wie oft hat er mir von
ſeiner Selima, ſeiner guten, folgſamen Toch=
ter, dem einzigen Troſt ſeines Alters, erzählt!
und das wäre Selima? dieß Mädchen mit der
ſtörriſchen Leidenſchaft?

Selima (verhüllt ſich.) Du zermalmſt mein
Herz!

Der Eremit. Zermalmen kann ich es —
aber nicht rühren.

Vierter Auftritt.

Fernando. Vorige.

Fernando (noch in der Hütten Thür.) Her=
ein, Frauenzimmerchen! das Waſſer kocht, das
Huhn ſteckt im Topf, die Binſen ſind aufge=
ſchüttelt, das Zimmer gefegt, der Tiſch ge=
deckt, die Gläſer geſchwenkt und das ganze

Haus mit frischen Blumen bestreut — das thun wir sonst nur am ersten Ostertage.

Der Eremit (lächelnd.) Bist du toll Fernando? (zu Selimen.) Komm liebes Mädchen! folge mir in meine ruhige Einsiedeley! dort wird dein Geist wieder in sich kehren; wird sich losreissen von den trüben Bildern, die ihn umnebeln, und wieder finden die entflohene Hofnung im Gedanken an deine Pflicht.

Selima (sich langsam erhebend.) Meine Füße wanken — mein Kopf ist schwer — O warum spiet ihr mich aus, unfreundliche Wellen? — O warum wecket ihr mich aus meinem glücklichen Schlummer, grausame Männer? (sie wankt, gestützt auf den Eremiten, der Hütte zu.)

Fünfter Auftritt.

Fernando (allein, ihnen nachsehend.)

„Bist du toll Fernando?" — das nun wohl eben nicht; aber etwas muß doch mit mir vorgegangen seyn, denn warum hätte ich sonst Blumen gestreut, da ich es nur am er=

sten Ostertag zu thun pflege? und warum ver=
richte ich heute mehr in einer Stunde, als ich
sonst in drey Tagen verrichte? — Heilige
Magdalena! es krabelt einem sonderbar ums
Herz, wenn man nach zwölf Jahren wieder
einmal ein Mädchen sieht — Weiber! Wei=
ber! wollt ihr unsere Unbeständigkeit fesseln,
so macht euch rar — Was wollt ich thun? —
Möweneyer suchen — nein, das dauert mir
zu lange. Hinunter an die Bucht? — nein,
das ist zu weit. Aber wenn sie nun ins künf=
tige mit Möweneyer suchte, und mit hinunter
an die Bucht ginge — dann würde es nicht
zu lange dauern, und auch nicht zu weit
seyn. — Ein närrischer Gedanke! es wird
mir ganz warm dabey.

(Er geht in die Hütte.)

**Gesang der rudernden Sklaven hinter
der Scene, erst in der Ferne,
dann immer näher.**

Triumph, Triumph! der Christenschwarm
Hat Mahomet zerstört.
Gesiegt hat Hassan Machmuts Arm,
Der Muselmänner Schwerdt.

Ha, Christenblut hat süßen Reiz,
Fluch dem, der seiner schont!

Herab, herab das heilge Kreuz,
Hinauf den halben Mond.

Ihr Muselmänner auf mit Muth,
Beginnt den Siegeslauf,
Es dampf' empor der Christenblut
Zu Alla's Thron hinauf.

Erfüllt was der Prophet gebot,
Erfüllet sein Gesetz,
Färbt Brüder eure Säbel roth
Zu Ehren Mahomets.

Sechster Auftritt.

(Die Schaluppe stößt ans Land. Dom
Pedro und Pedrillo springen heraus. Die Schaluppe kehrt zurück.)

Pedrillo.

Hohl euch der Teufel, hohl euch der Teufel,
Sammt eurem Schlingel von Mahomet,
Ein frommer Pilger hat mir versichert,
Der Kerl war ein Lügenprophet.

Bald war er toll, da verbot er den Wein,
Bald war er klug, da nahm er drey Weiber;
Bald war er grob wie ein Mauleseltreiber,
Bald war er wie ein Minister so fein!
Bald war er toll, bald war er klug,
Bald war er grob, bald war er fein,
Das mag mir der letzte Prophete seyn.

Don Pedro (der langsam vortritt.) Was war ich! und was ist aus mir geworden?

Pedrillo. Sie waren Lieutenant von der Flotte, und jetzt reisen sie als Passagier auf einer türkischen Galeere.

Dom Pedro. Keinen unzeitigen Scherz, wenn ich bitten darf.

Pedrillo. O Sie haben zu befehlen; aber mit ihrer Erlaubniß, ein Scherz kann nie unzeitig seyn. Ein Scherz erregt Lachen, Lachen ist Ausdruck der Freude, Freude ist Glückseligkeit des Menschen, Glückseligkeit kommt nie ungelegen, also kann ein Scherz nie unzeitig seyn.

Dom Pedro (wirft sich seufzend auf die Rasenbank.)

Pedrillo. Da haben wirs! schon wieder ein Seufzer. Ich glaube, Sie leben vom

Seufzen. Gestern Abend ließen Sie des ver=
wünschten Seeräubers erwünschten Braben un=
angerührt vorübergehen, obgleich der Korsar
Sie nach seiner Art recht freundlich nöthigte.

Dom Pedro. (ohne auf sein Geschwäß zu
hören.) O Schicksal! der Kelch meiner Leiden
ist voll! Mit Kummer gebohren, mit Jammer
gesäugt, eine Vater = und Mutterlose Waise —
und nun noch beraubt der heiligsten Rechte
der Menschheit — O Schicksal! der Kelch mei=
ner Leiden ist voll!

Ach! daß ich zum Ritter einst gebohren!
In den Adern diese Heldenglut,
Doppelt fühl ich nun, was ich verlohren,
Freyheit! Freyheit! unersetzlich Gut!
Warum täuschte Lieb und Ehre
Meines Lebens Morgenroth!
O Madonna! höre! höre!
Sende Rettung oder Tod!
Ach! daß ich zum Ritter einst gebohren
In den Adern diese Heldenglut.

Pedrillo. (der sich unterdessen ein wenig um=
gesehen.) Dort ist ein dicker Wald, und dort
eine Höhle. Unmaßgeblich wollte ich wohl
rathen, daß wir uns auf die Beine machten,

und husch! in den Wald oder in die Höhle.
Wir hungern ein Paar Tage, bis wir merken,
daß der Korsar wieder abgesegelt ist, und dann
suchen wir gelegentlich nach Spanien zu kom=
men.

Dom Pedro. Und so sollte ich das Zu=
trauen belohnen, daß er auf meine Ehre setz=
te? so die Güte und Milde, mit der er mich
vor allen meinen Brüdern behandelte.

Pedrillo. Er ist ja nur ein Türke.

Dom Pedro. Und wäre er ein Heide;
er war unser Sieger, und blieb Mensch.

Pedrillo. Ja ein sehr menschenfreundli=
cher Mensch; bei meiner armen Seele! das
hat er bewiesen, da er unsere Schiffsequipage
erst entwafnen, und dann niedermetzeln ließ.

Dom Pedro. Diese Grausamkeit bleibt
mir selbst unbegreiflich, sie stimmt nicht mit
dem Edelmuth in seinem Blick. Aber noch
unbegreiflicher ist mirs, warum er eben uns
zu schonen gebot.

Pedrillo. Um uns noch einmal nach Al=
gier zu schleppen, und den Sklavenwams an=
ziehen zu lassen. Wir sind ein Paar junge,
breitschultrigte Leute, wir sollen hacken und
gra=

graben; und säen und pflanzen, und begießen,
und die Raupen von den Bäumen suchen,
und das Unkraut jäten' —

Dom Pedro. Schweig! dann würde
er mich nicht mit derjenigen Achtung behandeln,
die der Würde eines Ritters ziemt.

Pedrillo. Lockspeise! ein Regenwurm an
der Angel. Mein Herr! mein Rath ist der
beste.

Duett.

Fort! fort! fort!
was hilft das lange Zaudern!
wozu das ewge Plaudern!
fort! fort! fort!

Dom Pedro.

Ich gab mein Ehrenwort!

Pedrillo.

Ey ja doch ja, das wäre fein!
bey solchen Türken Hunden
ist man an nichts gebunden!
fort! fort! fort!

C

Dom Pedro.

Nein! nein! nein!

Pedrillo.

Ey ja doch ja, das wäre fein!
geschwinde! geschwinde!
das Räubergesinde
ist hinter uns drein.

Dom Pedro.

Der Ehre treu zu bleiben
ist inneres Gebot!
mich schreckt Verlust der Ehre
mehr als ein naher Tod.

Pedrillo.

Zum Henker! das wäre!
was ist denn die Ehre?
ich schmecke sie nicht, ich fühle sie nicht,
ich sehe sie nicht, ich rieche sie nicht —
Zum Henker! das wäre!
was ist denn die Ehre?
so sagt mirs doch! erklärt mirs doch.

Dom Pedro.

Die Ehre —

Pedrillo.

Nun. —

Dom Pedro.

Sie ist —

Pedrillo.

Nun weiter!

Dom Pedro.

Kein Ding für einen Bärenhäuter,
und kurz! sie ist für dich zu hoch.

Pedrillo (mit offenem Maule.)

Zu hoch —

(Pause.)

So hole der Henker die lumpigte Ehre,
Ach! wenn nur Pedrillo in Sicherheit wäre.

Beide.

> Pedrillo. Ich hasse die Ehre, ich
> liebe das Leben!
> das kann mir Frau Ehre
> nicht wieder geben.
>
> Dom Pedro. Ich liebe die Ehre, ich
> hasse das Leben,
> es kann mir die Ehre
> nicht wieder geben.

(türkische Musik in der Ferne.)

Pedrillo. Nun, da haben wirs! da kömmt er schon! — Lieber Herr! noch ist es Zeit zu laufen.

Dom Pedro. Schweig, Schurke! hast du mich je laufen sehen?

Siebenter Auftritt.

(Die Schaluppe landet.)

Hassan Machmuth. Dom Pedro.

Hassan Machmut (springt ans Ufer.) Nun, hier bin ich. Munter Jüngling! die Luft deines Vaterlandes weht von jener Küste.

Pedro. Der Sklav muß vergessen, daß er ein Vaterland hatte.

Hassan. Wo du Freunde findst, da geht dirs wohl, und wo dirs wohl geht, da ist dein Vaterland. Jüngling! ich könnte dein Freund seyn.

Pedro. Aber ich nicht, der deinige.

Hassan. Trotzkopf! hast du vergessen, daß dein Leben an meinem Winke hängt?

Pedro. Klopft mein Herz drum schnel=
ler? — Seh ich dir drum weniger starr ins
Auge? — Warum hast du mich verschont?
warum willst du mich mehr martern als mei=
ne Brüder? — Sklaverey ist härter als Tod.

Hassan. Höre, Jüngling! Auch dich
würde ich meiner gerechten Rache geopfert ha=
ben, hielt ich dich nicht für Einen von den
wenigen Edeln, die man unter allen Nationen
findet. — Als wir fochten, Bord an Bord,
als du mit funkelnden Augen durch Reihen
meiner Muselmänner wütetest, als dein Säbel
den Kämpfenden niederstieß — und den Ver=
stümmelten schonte — da Jüngling! da ge=
gewannst du mein Herz — das Schicksal mach=
te mich zu deinem Sieger! deine Unerschrok=
kenheit, dein Muth, machten mich zu deinem
Freunde. — Stolzer Spanier! hier hast du
meine Hand!

Pedro. Weg! sie trieft vom Blut meiner
Brüder.

Hassan. O dieß Blut komme über den,
der Hassans Tochter raubte! (Pedro stutzt.)
Mensch, was gaffst du mich so wild an? du
hälst mich für einen Barbaren, du klebst am
Vorurtheil deiner Brüder. Ihr Europäer zit=
tert, wenn ihr den Namen Algier hört; ihr

schaudert, wenn ihr unsere Flage seht: und
in Algier wohut doch auch Tugend und Großmuth, und Haſſan Machmut iſt auch ein
Menſch mit warmen Gefühl für Ehre und
Schande, für Liebe und Rache.

Pedro. Vom letztern gabſt du Beweiſe.

Haſſan. Die gab ich, und wer von euch
wagt es, mich grauſam zu nennen? — Ihr
kultivirten Barbaren! iſt das unſchuldige Blut
ſchon vertrocknet, mit dem ihr einſt in Mexi-
co die Felder düngtet? Was thaten euch jene
elende Schlachtopfer eures Geizes und eures
heiligen Wahnſinns.

Pedro (bitter.) Was thaten dir meine
Brüder? — waren ſie nicht überwunden? —
hatten ſie nicht ihre Waffen weggeworfen? —
waren ſie nicht wehrlos? gebunden? —
ſchäme dich Haſſan!

Haſſan. Höre Menſch! ich hatte eine
Tochter. Sie wurde mir von einem Weibe
gebohren, das ich zärtlich liebte. Die Mutter
ſtarb. Ich konnte nicht weinen, aber mein
Herz wollte mir ſpringen. Das Kind hing
an mir und lächelte — und lächelte grade wie
ſeine Mutter, das erhielt mich beym Leben.
Das Mädchen wuchs heran und wurde ſchön

und gut, wie seine Mutter; das Mädchen
war meine einzige Freude, mein einziger Trost.
Hatt' ich Monate lang herum geschwärmt, im
Kampf mit Sturm, Wellen und Menschen,
und warf nun endlich meinen Anker im Hafen,
so hüpfte Sie mir immer so liebvoll entgegen,
und lächelte jede Falte aus meinem Gesicht. —
Merk auf, Spanier! — Vor wenig Wochen
kam ich zurück; ich warf meinen Anker im Ha=
fen, und Niemand kam mir entgegen; ich blick=
te nach dem Gitter meines Serails, und Nie=
mand sah hernieder; ich betrat mein Haus —
da warf sich ein zitternder Sklave zu meinen
Füßen — ach — Selima war entflohen! —

Pedro (höchst betroffen.) Ha!

Haffan. Einer deiner Landsleute, den mei=
ne Kanonenböte zum Gefangenen machten;
dem mein Guardian seine Fesseln erleichterte,
weil ich ihm Menschlichkeit befahl; der von
meinem Tische gespeist und getränkt wurde;
der keine Wache hatte, als seine eigene Eh=
re; — der verführte mir meine Tochter;
machte sie ihrer Pflicht untreu, entriß sie dem
väterlichen Hause und deckte meinen grauen
Kopf mit Kummer und Schande. — Ueber
ihn komme das Blut deiner Brüder! über ihn
die glühende Thräne eines gebeugten Vaters!

über ihn die Rache der verführten Unschuld!
daß er im Arm der Wolluſt den Fluch höre,
den Haſſan Machmut als Vater und Menſch
über ihn ausſpricht.

Pedro (außer ſich.) Halt ein!

Haſſan. Nun Jüngling! bin ich noch der
grauſame Algierer, der zum Zeitvertreib ſeinen
Säbel in Blut taucht? oder ſoll der warme
Afrikaner weniger fühlen, wenn man ihm das
Herz aus dem Leibe reißt? — Menſch! wäre
das Mädchen deine Geliebte geweſen, du wür=
deſt gemordet haben, ſo lange noch eine Seh=
ne deinen Arm geſpannt hätte. — Biſt du
ſtumm geworden? — Vertheidige, wenn du
kannſt, die That des ſchändlichen Mannes!

Pedro. Jugend und Liebe. —

Haſſan. Vertheidigen nur meine Selima,
das unerfahrene funfzehnjährige Mädchen, nicht
einen Ritter, der mit Don Barcelo vor Al=
gier zog, um Säbel klirren und Kugeln pfei=
fen zu hören.

Pedro (bey Seite.) Mein Gewiſſen glüht
auf meiner Wange.

(Fernando tritt aus der Hütte. Da
er Haſſan erblickt, ruft er erſchrok=
ken, Haſſan, und kehrt eilig zurück.)

Haſſan. Nun, was läuft der Narr? flieht
denn alles vor Haſſan, ſeit ſeine Tochter ihn
floh? — — Edler Spanier! noch auf ein
Wort! Deine Seele brütet, ich weiß nicht
was. Iſt es Haß oder Liebe; gleich viel!
Haſſan Machmut bringt ſeine Freundſchaft nicht
auf. Junger Held! jetzt ſpricht dein Feind
mit dir. Du ſchenkteſt zweyen meiner ver-
ſtümmelten Muſelmänner das Leben, und kannſt
mein Sklave nicht ſeyn. Du biſt frey! Wir
ſind auf Formentera, wir ſind auf der ſpani-
ſchen Küſte. Meine Schaluppe ſoll dich auf
Yvica ans Land ſetzen, von da kehrſt du leicht
in dein Vaterland zurück.

Pedro (umarmt ihn feurig.) Haſſan!

Haſſan. Endlich klopft dies ſtolze Herz an
dem meinigen. Mein Sohn! — Zieh hin in
deine Heymath! Vielleicht haſt du einen Vater, der um deinen Verluſt die Hände ringt.
Geh! wirf dich in ſeine Arme! und ſag ihm,
daß Haſſan Machmut, dem man ſeine Tochter
nahm, ihm ſeinen Sohn wieder giebt.

(Er geht ab in die Hütte.)

Achter Auftritt.

Dom Pedro. Pedrillo.

Dom Pedro (nach einer Pause.) Warum bebst du Christ? — dieser edle Biedermann, dem du zum Dank für seine Wohlthaten die Freude seines Alters raubtest, ist ja nur ein Mahomedaner, ein Räuber — jeder Bettel= mönch spricht dich von der Sünde loß. Pe= drillo! ist das Christlich gedacht?

Pedrillo. Wahre Christenpflicht, gnädi= ger Herr! wir kehren nach Spanien zurück, das Mädchen wird getauft, wir retten eine verlorne Seele, bringen eine Ketzerin in den Schooß der Kirche, die ohne uns zeitlich und ewig verdammt wäre, und bauen uns eine Stufe in Himmel.

Einst sagt ein Kapuziner mir:
„ein Heide, Freund, ist nur ein Thier,
„und Thiere darf man schlachten.
„Gieb ihm von hinten einen Stich,
„im Beichtstuhl absolvir' ich dich
„für einen Maravedis.

„Bet täglich einen Rosenkranz
„nach allen heiligen Firlefanz;

„so haſt du meinen Segen;
„dann geh und ſchlachte auf mein Wort,
„die ganze ottomannſche Pforte,
„was iſt daran gelegen?
„Es krähet weder Huhn noch Hahn
„nach einem tůrkiſchen Sultan,
„der Kerl iſt nur ein Ketzer,
„er wälzt ſich in verbotner Luſt;
„Drum ſtoß den Dolch ihm in die Bruſt
„und bring uns ſeine Weiber.

Was ſagen Sie dazu? das iſt Kapuziner Phi=
loſophie.

Dom Pedro. O daß es nur die Sprache
des Pöbels und der Kapuziner wäre! —
Wach auf Pedro! du haſt ehrlos gehandelt!
du ſchämteſt dich nicht der That, ſchäme dich
nun auch nicht des Bekenntniſſes.

Zaghafter Jüngling erwache!
Zittre, die göttliche Rache
Folgt auf der Ferſe dir nach.
Zu des Beleidigten Füßen
Sterbend den Frevel zu büßen —
Beſſer als innere Schmach.

Kniet er auch nicht an dem Altare,
Dem du Offenbarung ſchuldig biſt,
O ſo ehre ſeine grauen Haare,

44

Denke daß er Mensch und Vater ist,
Beide waren eher als der Christ.

Saybafter Jüngling erwache,
Zittre die göttliche Rache
Folgt auf der Ferse dir nach. ꝛc.

Pedrillo. Mit Gunst, gnädiger Herr!
versparen Sie diese schöne Entdeckung wenig=
stens, bis Hassans Schaluppe ihren unterthä=
nigsten Knecht auf Ypica ans Land gesetzt
haben wird. Sie mögen ihre Haut zu Mark=
te tragen; aber soll auch ich mich Ihrer ver=
liebten Schelmstücke wegen lebendig spissen
lassen?

Neunter Auftritt.

Fernando aus der Hütte. Die Vorigen.

Fernando. Tretet herein Fremdling! ein
Eremit, euer Landsmann, bietet euch seine
Hütte. Was Garten und Keller vermögen,
wird der gute Wille euch auftischen.

Pedrillo. Ein höflicher Mann. Aber
der gute Wille, und ein hungriger Magen sind

selten große Freunde. Laß doch hören alter Graubart! was dein Keller vermag?

Dom Pedro. Schweig! — Guter Alter! bist du der Bewohner dieser Hütte?

Fernando. Der Mitbewohner, ja. Seit zwölf Jahren theil ich sie nunmehro mit meinem unglücklichen Herrn, den Kummer und Elend in diese Einöde verstießen.

Dom Pedro. Aus welchem Lande seyd ihr? wie heißt ihr? was zwang euch diese Wohnung der Schlangen zu der eurigen zu machen?

Fernando. Wir sind Spanier. Es sind nun achtzehn Jahr seit wir unser Vaterland verließen. Sechs Jahre durchstrichen wir rastlos die vier Theile der Welt; mein armer Herr suchte Ruhe und fand sie nicht; er suchte den Tod und fand ihn nicht. Lebensfatt floh er endlich in diese schauervolle Einöde, wo selbst die Schlangen, von denen es hier wimmelt, aus Mitleid oder Grausamkeit ihn mit ihrem Biß verschonen. Ich wünschte, euch mehr sagen zu dürfen.

Dom Pedro. Ich ehre dein Schweigen. Aber du? —

Fernando. Ich Herr? ich konnte mich nicht entschließen, meinen alten Herrn zu verlaffen, da ihn alles verließ. Ich war eine hülflose Waise, als er mich in seine Dienste nahm; ich will bey ihm bleiben, bis Gott ihn oder mich zu sich ruft.

Dom Pedro. (reicht ihm die Hand.) Ich freue mich, daß ich dein Landsmann bin. — Aber wie kommt ihr zu der Bekanntschaft des Türken.

Fernando. O Herr! wäre dieser Türke nicht, wir hätten oft verhungern müssen. Es sind nun zehn Jahre, als er zum erstenmal auf dieser Küste landete, um frisch Wasser einzunehmen. Ohne die Gefahr zu kennen, trennte er sich von seinen Leuten auf jener Ebene, und wurde plötzlich von einer ungeheuern Schlange verfolgt. Mein Herr, der eben aus dem Walde kam, hatte das Glück sein Retter zu werden, und dieser Augenblick war der erste ihrer innigen Freundschaft. Der Christ vergaß den Türken, der Türk vergaß den Christen, beyde liebten den Menschen, Hassan weiß meines Herrn unglückliche Geschichte. Er würde diese Hütte längst zum Pallast umgeschaffen haben, wenn mein Herr mehr annehmen wollte, als er bedarf, um sein elendes Da-

seyn fortzuschleppen. — — Doch — vergebt
dem alten Schwätzer! — Tretet herein Fremb=
ling! das ländliche Frühstück meines Herrn
erwartet euch.

Dom Pedro. Ich will allein seyn —
ich will meinem Herzen Luft machen! — Haf=
san — Freyheit — Vaterland — Liebe — Ehre
Gott! hilf mir kämpfen.

(Er will gehen.)

Fernando. Wohin Jüngling? ich war=
ne euch.

Dom Pedro. Sollten die Schlangen
mehr Mitleid für mich fühlen als für deinem
unglücklichen Herrn? — oder meinst du Schlan=
genbiß schmerze mehr als Gewissensbiß?

(er geht ab nach der Gegend des Denkmals.)

Zehnter Auftritt.

Pedrillo. Fernando.

Pedrillo. Laß ihn gehen! der Mensch
hat seine eigne Grillen. Unter uns! er hat
einen Streifschuß am Hirnschädel bekommen

und seitdem — du verstehst mich. — Laß uns von wichtigern Dingen reden Kamerad! Ich habe vor kurzem einen Schuß in den Magen bekommen, der so schlecht kurirt worden, daß ich immer essen muß. Du sprachst von einem Frühstück. —

Fernando. Und werde Wort halten.

Pedrillo. Noch eins! du erwähnteſt auch eines Kellers.

Fernando. Richtig.

Pedrillo. Thuſt du vielleicht Kellermeiſter Dienſte.

Fernando. Könnte wohl seyn.

Pedrillo. Theilſt du auch einem durstigen Landsmann einen Trunk mit?

Fernando. Warum nicht? wenn er mich höflich darum bittet.

Pedrillo. O wenn es nur daran liegt (er zieht den Hut ab.) dein Landsmann Dom Pedro los Burgos los Patados el voltila magno ventoſo bittet dich sehr höflich um einen Trunk.

Fernando. Haſt du sonſt keine Namen?

Pe=

Pedrillo. O ja, wenn ich nicht durstig bin.

Fernando. Deine Familie ist eine der angesehensten in ganz Spanien. Ich habe viel gehört von den magno ventoso's.

Pedrillo. Da hast du mehr gehört als ich.

Wer meine Mutter war, das weiß ich,
Mein Vater ist mir unbekannt;
Los Burgos los Patados heiß ich
Pedrillo werd ich nun genannt,
Weg mit Wappen, Helm und Schwerdt!
Ist die Essenslust drum größer?
Schmeckt etwa der Wein mir besser,
Wenn der Bauch mit Sechsen fährt?
Nein, nein mein Freund! Pedrillo heiß ich,
Was kümmert mich der Adelstand!
Wer meine Mutter war, das weiß ich,
Mein Vater ist mir unbekannt.

Fernando. Nun so gedulde dich einen Augenblick, ich werde gleich wieder bei dir seyn. (er geht.)

Pedrillo. (ihm nachrufend:) Du darfst dich eben nicht überladen, ich bin ein sehr mäßiger Trinker. Drey bis vier Flaschen wer-

D

den vollkommen hinreichen, den ersten Appe-
tit zu stillen. (sich auf den Wanst klopfend.) Freue
dich Bauch! seit fünf Wochen hast du mit
versteinertem Zwieback und lebendigen Wasser verlieb nehmen müssen, das Ziel deiner Leiden nahet heran (nach dem Walde blickend.)
Mein armer Herr! wer weiß, an welchem
Lindwurm er nun schon zum Ritter geworden
ist. Meinethalben! wenn ihn die Schlangen
fressen, so ists nicht meine Schuld, und beim
Licht besehen, wäre es noch immer besser, als
einen Dom Quichotts Streich zu machen, und
es dem alten Hassan unter die Nase zu rei-
ben, daß wir ihn geprellt haben.

(Fernando kömmt zurück mit zwey Flaschen
Wein und etwas zum Anbiß.)

Pedrillo. Sey mir gegrüßt, du Blu-
me der Kellermeister! du Krone der spanischen
Gastfreyheit! vergönne mir einen Zug, aus
dieser kräftig duftenden Flasche, um meine
dürren Sprachorgane zu deinem Lobe ge-
schmeidig zu machen.

(Er trinkt und frißt, spricht während dieser Szene immer mit vollen Backen, und
säuft die beyden Bouteillen aus.)

Fernando. Ohne Komplimente!

Pedrillo. Recht so, Kammerad! Weg mit der spanischen Etikette.

Fernando. Welch ein Zufall führt euch auf diese Insel?

Pedrillo. Ein allerliebster Zufall, beym heiligen Stephan! der Zufall heißt Haßan Machmuts, und sieht einem Seeräuber so ähnlich, als meine Nase Pedrillos Nase.

Fernando. Wo kommt ihr her?

Pedrillo. Blitz Kammerad! wir kommen von der Expedition gegen das verdammte Raubnest, das wir bestürmen mußten, als hätten die eilftausend Jungfrauen ihre Jungferschaft drinn verwahrt. Wir nahmen vor einem Jahre Dienste, weil wir glaubten, daß es noch lange Friede bleiben würde, und da muß eben irgend ein Kobold, seiner Allerkatholischsten Majestät das Projekt einhauchen, eine christliche Flotte gegen einen unchristlichen Felsen zu schicken, um uns durch glühende Kugeln aus der Welt nasenstübern zu lassen. Was halfs! Wir nahmen den herzbrechendsten Abschied von unsern Donnas, ließen gesalzene Fluthen in Strömen über unsere Wangen rollen, hängten ein Amulet um den Hals, und setzten uns zu Schiffe — O Kamerad! welch' ein Löwenmuth, welch' ein Bärenherz, welch' ein Hundemagen gehört dazu, dergleichen Strapazen zu ertragen! Kein Ragout fin, keine Fricassee, kein gebraten Hühngen, kein Pudding und so weiter. Wenns hoch kommt, ein Stück Pöckelfleisch, das man mit dem Säbel zerhauen muß, getrocknete Erbsen und Speck, mit dem ich in Madrit meine Schuh schmiere.

Fernando. Armer Pedrillo! Wunder daß du noch lebst!

Pedrillo. Ja, was thut man nicht um der Ehre willen.

Fernando. Du hast dir also wahrscheinlich Lorbeern erfochten?

Pedrillo. Was Lorbeern! davon wird nicht einmal mein Pudel satt. Nein Kamerad! wenn mir der König nicht wenigstens den Galatrava-Orden, und ein Dutzend Landgüter in den Bart wirft, so ist keine Gerechtigkeit mehr in Spanien.

Fernando. Vermuthlich hast du irgend ein algierisches Schiff erobert?

Pedrillo. Das nicht.

Fernando. Ober warſt der Erſte beym Sturmlaufen?

Pedrillo. Das auch nicht.

Fernando. Ober wurdeſt in irgend einem Scharmüßel ſchwer verwundet?

Pedrillo. Nichts weniger!

Fernando. Ober du wußteſt die Bomben mit einer beſondern Geſchicklichkeit in die Stadt zu werfen?

Pedrillo. Keinesweges.

Fernando. Ober haſt als Spion wichtige Dienſte geleiſtet?

Pedrillo. Ganz und gar nicht.

Fernando. Nun, was haſt du denn gethan?

Pedrillo.

Ich? — habe gehungert, habe gedurſtet, habe gezittert.

Glühende Kugeln haben mir jeden Biſſen verbittert, habe gekämpfet gegen die heidniſchen Ungeheuer, Kugeln und Säbel, Türken und Mohren, Waſſer und Feuer.

D 3

Wenn ich mit dem besten Magen
sorglos in der Küche stand,
schlug mir eine grobe Kugel
meine Kalbskeul' aus der Hand!
Ungebetene Kartetschen
zapften unser Weinfaß an.
Süße Hofnung trockner Kehlen,
die in schmuz'gen Staub zerran,

Ich? — habe gehungert, habe gedurstet, habe gezit=
tert.
Glühende Kugeln haben mir jeden Bissen verbittert,
habe gekämpfet gegen die heidnischen Ungeheuer,
Kugeln und Säbel, Türken und Mohren, Wasser und
Feuer.

Fernando. Und dafür denkst du den Ca-
latrava - Orden zu erhalten?

Pedrillo. Warum nicht? die größten Of=
fiziers haben das nemliche gethan. Ueberdieß
bin ich sammt meinem Herrn gefangen wor=
den. Wir haben vier Wochen Reis fressen
müssen, und keinen Tropfen Wein zu sehen be=
kommen. Mein Genie zog uns endlich aus
der Patsche. Dom Barcelo machte den ge=
scheitesten Streich von der Welt, und hob die
Belagerung auf. Ich sah mit herzlichem Ver=
gnügen die Anker lichten, und saß bereits im

Geist den Fleischtöpfen meines Vaterlandes ge=
genüber, als plötzlich ein ungebetner Sturm
unsre Flotte trennte. Am Ende wäre noch
Alles gut gegangen, wir hätten den Weg wohl
allein nach Hause gefunden, hätte uns der
Teufel nicht den Algierischen Seehund über
den Hals geführt, mit dem gar kein Aus=
kommen war.

Fernando. Dankt Gott! lieben Lands=
leute! daß ihr in so gute Hände gefallen seyd,
Hassan Machmut besitzt ein ehrliches, gefühl=
volles Herz.

Pedrillo. Eine seltsame Art von Gefühl,
bey meiner armen Seele! Mit dem gefühlvoll=
sten Herzen von der Welt, ließ er am andern
Tage die ganze Equipage über die Klinge
springen, und auch wir würden in dieser zahl=
reichen Gesellschaft in die Felder des ewigen
Friedens gewandelt seyn, hätte ich nicht durch
meine Tapferkeit und Heldenmuth während des
Gefechts sein Herz gewonnen, wie er mir
noch vor wenig Minuten selbst versichert hat.

Fernando. Hat er das?

Pedrillo. Und hätt' ich nicht zwey ent=
waffneten Türken das Leben geschenkt.

Fernando. Thatest du das?

D 4

Pedrillo. Ja Kammerad, das that ich, so wahr diese Flasche leer ist! und weil du mich nun so gastfrey gespeist und getränkt hast, so erlaube mir Freund (er legt seine Hand auf Fernandos Schulter) dir eine ausgemachte Wahrheit zu entdecken.

Fernando. Die ich begierig zu hören bin.

Pedrillo. Du bist ein Narr!

Fernando. Herr Dom Pedro Magno Ventoso —

Pedrillo. Ein Erznarr!

Fernando (spuckt in die Hände.) Der aber auch Fäuste hat.

Pedrillo. Sage mir Kammerad! wie kannst du Anspruch machen auf ein Quentchen gesundes Gehirn, und wohnen auf Formentera? in diesem verwünschten Schlangennest?

Fernando. Kerl! das verstehst du nicht, das fühlst du nicht.

Duett.
Pedrillo.

Nein ich habe einen guten Magen,
Aber Schlangen kann ich nicht vertragen.

Fernando.

O aus Liebe zu dem besten Herrn,
Reis' ich bis zum Abendstern,
Fürcht' ich keine Schlangen-Wache,
Schrecket mich kein feuerspeyender Drache,
Sterb ich unter Martern gern.

Pedrillo.

Nein beym heil'gen Holofern!
Sterben ist nicht meine Sache,
Und ein feuerspeyender Drache,
Guter Freund, der spaßt nicht gern.

Fernando.

Sind Pflichten des Dunks ein Unding für dich?

Pedrillo.

Was kümmern mich andre? ich lebe für mich.

Fernando.

Menschlicher fühlt der Korsar,
Dessen Herz das Mitleid lenkte,
Der dir Klotz das Leben schenkte.

Pedrillo.

Er ist ein Narr, du bist ein Narr,
Narren seyd ihr alle mit einander.

Fernando.

Sind Pflichten des Danks ein Unding für dich?

Pedrillo.

Was klimmern mich andre! ich lebe für mich.

(Beide ab.)

Ende des erſten Aufzugs.

Zweyter Akt.

Erster Auftritt.

Pedrillo (betrunken, mit einer Weinflasche unter
    dem Arm, aus der er die letzten Züge thut.)

Mein Herr König von Spanien,
wie theuer sein Königreich?
Hunderttausend Millionen Scudi,
wenn er will, die zahl ich gleich;
und dann laß ich mit Piastern,
in Madrit die Straßen pflastern,

    sperre mich ein,
    trinke fein fleißig
    Malaga Wein,
    esse für dreyßig,
    fahre mit sechsen,
    schlafe bey jungen niedlichen Heren,
    und lasse regieren Land und Stadt,
    wer Lust dazu hat! wer Lust dazu hat!

Es ist doch ein närrisches Ding ums Regieren! Bey meiner Treu! ich wollte die ganze
Welt regieren, so leicht kommt mirs vor. Ich

habe zwar noch keinen Unterthan gehabt, als
meinen Pubel; aber der Pubel und ein Kö=
nigreich — ob ich ein Königreich scheere, oder
den Pubel, das kömmt auf eins heraus.

(Er taumelt auf die Rasenbank, und spricht
die letzten Worte halb im Schlaf.)

Meine Herren Schlangen! seyd so gut und
laßt mich ungeschoren! ich bin ein Gast auf
dieser Insel, und will meine Siesse halten.

(Er entschlummert.)

Zweyter Auftritt.

Fernando, der Selimen nach sich zieht. Bei=
de kommen aus einer Hinterthür, die auch in
die Einsiedeley führt.

Fernando.

Frauenzimmerchen, frisch!
sie sitzen bey Tisch,
sie trinken und zechen,
sie schwatzen und sprechen,
und hören uns nicht.

Selima.

Ach! es wanken meine Füße,
Gott! wie bitter ich ihn büße,
erster Liebe süßen Rausch.

Pedrillo (halb schlafend.) Rausch? — wer
spricht von Rausch?

Fernando.

Laßt das ewge O und Ach!
Nur getrost und folgt mir nach!

Selima.

Einst so selig wonnetrunken!
nun so tief, so tief gesunken!

Pedrillo.

Denkt ihr denn, ich sey betrunken?

Fernando (zu Selimen.)

Folget mir in jene Höhle!
dort bewach ich euch aufs beste.

Pedrillo.

Großen Dank!
nicht von der Stelle!
seht, ich halte die Sieße
hier auf dieser Rasenbank.

Fernando (zu Selimen.)

Folget mir!

Pedrillo.

Ich will nicht!

Fernando (zu Selimen.)

Fort von hier!

Pedrillo.

Ich mag nicht!

Fernando.

Schweig, besoffnes Ungeheuer!

(zu Selimen:)

Wickelt euch in eure Schleyer,
laßt das ewge O und Ach!
nur getrost und folgt mir nach.

Selima.

Vater, Vater, hast du mir verziehen!
Fluche deiner Tochter nicht.
Ach ich kann, ich kann nicht fliehen,
Wo verberg ich mein Gesicht!

Pedrillo.

Welch verteufeltes Gewinsel,
das die Ohren mir zerreißt,

wohnen Hexen auf der Insel?
oder sonst ein Poltergeist?

Fernando (zu Selimen.)

Hört ihr nicht?

Pedrillo.

Was beliebt?

Fernando (zu Selimen.)

Folgt mir nach!

Pedrillo.

Geh zum Teufel!

Fernando.

Horcht, wie man die Stühle schiebt,
aufgestanden sind sie ohne Zweifel.
Frauenzimmerchen, frisch,
man rücket den Tisch,
auf, folget mir,
gleich sind sie hier.

Selima.

Ja, ich folge,
meiner Sinnen unbewußt;
O, es wühlen tausend Dolche
mir in dieser bangen Brust.

Der Eremit (inwendig.) Fernando!

Fernando.

Fort, man ruft.

Selima.

Gieng ich so zu meiner Gruft!

Beyde. {

— **Fernando.**

Welches Zaudern, fort, man ruft,

Selima.

Gieng ich so zu meiner Gruft.

(Beyde gehen ab.)

Dritter Auftritt.

Pedrillo allein. (fährt aus dem Schlafe auf.)

Nein, es ist nicht auszustehen,
wie sie beide Ohren voll
mir mit dem Gewinsel krähen.
Was zu toll ist, ist zu toll,
und den Hiob will ich sehen,
der dabey noch schlafen soll.

Fühlt

Fühlt mein lieber armer Bauch
nicht bereits ein Schneiden, Krümmen,
weil man seine Ruh gestört?
Wer war der verwegne Gauch?
Waren es nicht Weiberstimmen,
die mein Ohr allhier gehört? —
Holla! mein Herr Eremit!
der das Maul so fromm verzieht!
Nein, ich ruh und raste nicht,
das muß an das Tages Licht!
Ich will gehen, ich will suchen,
ich will schelten, ich will fluchen,
ich will bitten, ich will dräuen,
ich will lermen, ich will schreyen,
auf den Felsen, in den Schlünden,
in den Höhlen, in den Wäldern,
in den Häusern, auf den Feldern.
Endlich werd ich sie doch finden,
endlich werd ich - sie doch finden!

(Läuft ab.)

Vierter Auftritt.

Hassan und der Eremit aus der Hütte kommend.

Der Eremit. Noch einmal Hassan! sey mir herzlich willkommen! Dein Besuch ist mein einziges Labsal in dieser Einöde.

Hassan. Danke dir Alter! danke dir! Aber es ist nicht mehr der muntre muthwillige Hassan, der es ehedem versuchte, deinen Kummer wegzuscherzen, dessen Fröhlichkeit deiner ewig gerunzelten Stirn zuweilen ein Lächeln abtrotzte. (mit beklommener Brust.) Tröste du mich nun! die Hand des Schicksals liegt schwer auf mir.

Der Eremit. Soll ich dir Muth einsprechen? — Wie oft hast du mir vorgepredigt, daß alle unsere Schicksale im unveränderlichen Rath der Vorsehung beschlossen sind?

Hassan. Schaler Trost! vergieb mir, wenn ich dich je so dürftig getröstet habe. — Grosser Prophet! was habe ich gesündiget, daß du mich so hart züchtigest? — Du warst ja auch Vater! — Soll ich nun allein seyn in der Welt? — an nichts mehr hangen? — an nichts mehr Freude haben? Soll mein Herz bey dem Namen Selima — nicht höher klo-

pfen, als bey dem Namen eines Algierischen
Wasserträgers? — Sollen Miethlinge meine
Augen zudrücken, und erkaufte Klageweiber
meinen Tod beweinen? — Alter! mit mir
ists aus! ich bleibe auf Formentera, du sollst
deinen Freund Hassan begraben.

Der Eremit (bittend.) Hassan.

Hassan. Widersprich mir nicht! — Soll
ich zurück in meine öden Wohnungen, wo ich
jeden Polster kenne, auf dem Selima saß? —
in meine Gärten, wo jede Staude mit meiner
Tochter empor wuchs? —

Der Eremit. Aber lieber Alter! welch
ein Dämon hat dich mit der Hofnung ent-
zweyt?

Ist sies nicht, die milde Hofnung?
die, wenn alles dir den Rücken weißt,
noch am Rande der Verzweiflung,
dich zurück in ihre Arme reißt?

Wenn dir alle Stützen brechen,
leiht sie dir nicht ihren Stab?
ist sie nicht dein Freund und Führer,
bis in deine Gruft hinab?

Ja sie ist die milde Hofnung,
die, wenn alles dir den Rücken weist,
noch am Rande der Verzweiflung,
dich zurück in ihre Arme reißt.

Hassan. Umsonst! Umsonst!

Der Eremit. Unbegreiflich deine Zaghaf=
tigkeit. Ist denn Selima todt?

Hassan. Besser, sie wäre todt.

Der Eremit. Ich verkenne dich ganz.
Wo ist der entschlossene Muselmann? Ist denn
deswegen alles verloren, weil die Liebe in
der Brust eines funfzehnjährigen Mädchen stär=
ker war, als kindliche Pflicht?

Hassan. Sage das nicht Alter! du mar=
terst mich — Wen könnte sie mehr lieben als
ihren Vater? — ihren Vater, dessen einzige
Freude sie war! — Nein, verführt hat man
mir mein liebes ungehorsames Mädchen; ver=
führt hat sie der Bube, durch glatte Worte,
europäische Lügen. — Meine unerfahrne Se=
lima wußte nicht, was sie that. Ich bitte
dich Alter, sprich daß man sie verführt habe!

Der Eremit. Nun desto besser! lieber
Hassan. Desto eher wird der Taumel zerrin=
nen, und Selima in deine väterlichen Arme
zurückkehren.

Haffan. Ach nein! wer weiß, wohin der
Bube mit ihr gelaufen ist, in welchem Winkel
der Welt er in diesem Augenblick über seinen
Raub frohlockt. — Ihr schwarzen Bilder der
Hölle! weg aus Haffans Kopfe! — Da kann
ich den schrecklichen Gedanken nicht los werden, daß der Schurke die Unschuld des Mädchens rauben, und sie alsdann verstoßen
wird. — Da seh ich sie herum irren, meine
unglückliche Selima, vielleicht mit einem Ba-
start auf dem Arm, das Brod vor den Thü-
ren guthätiger Leute betteln. — Da hör ich
wie sie ihrem Verführer flucht, und ihren alten Vater um Verzeihung anflehend, ihren
letzten Seufzer hülflos auf einem Bund faulen
Strohes aushaucht! — Ach Mädchen! Mädchen! komm zurück in meine Arme! ich habe
alles vergessen! ich bin dein Vater!

Der Eremit. Beruhige dich Haffan! Gewiß beweint Selima schon in diesem Augenblick einen Fehltritt, den Liebe und Unerfah-
renheit entschuldigen. Vielleicht stand sie schon
im Begrif, sich zu deinen Füßen zu werfen. —
(bedeutend.) Vielleicht fürchtet sie nur deinen väterlichen Zorn — — deine Wuth — deine
Rache —

E 3

Haffan. Kennt sie mich etwa nicht? haben diese Augen sie je anders, als mit väterlicher Liebe angeblickt? haben diese Lippen sie je anders als liebe Tochter genannt?

Der Eremit. Ja, weil sies verdiente. Aber nun — wirst du bey ihrem Anblick nicht zu hart mit ihr verfahren?

Haffan. Bey ihrem Anblick? Ach! Freund! ich würde in ihre Arme stürzen! ich würde von Sinnen kommen! beym großen Propheten! ich glaube ich würde weinen.

Der Eremit. Und verzeihen?

Haffan. Verzeihen! Alles verzeihen!

Der Eremit. Versprichst du mir das?

Haffan (stutig.) Was willst du damit sagen?

Der Eremit. Du sollst deine Tochter sehen.

Haffan (auffahrend, zwischen Angst, Zweifel und Freude.) Was?

Der Eremit. Als ich diesen Morgen aus meiner Hütte trat, die Sonne zu grüßen: da fand ich ein Mädchen am Ufer liegend, die der Sturm der vergangenen Nacht an diese Küste geworfen hatte.

Haſſan (gierig horchend.) Ein Mädchen?

Der Eremit. Sie ſchien ohne Leben.

Haſſan. Was! — todt?

Der Eremit. So ſchien es, doch ſchlum-
merte ſie nur in einer Ohnmacht, der meine
Bemühungen ſie bald entriſſen. Und dieſes
Mädchen Haſſan —

Haſſan. War — war?

Der Eremit. Deine Tochter.

Haſſan (außer ſich.) Meine Tochter! —
meine Selima! — meine Selima! — Höre
du lügſt! — wo — wo? — meine geliebte
Tochter! — Höre Alter, es wäre ſchrecklich,
wenn du gelogen hätteſt! — — Zeig mir
meine Selima! — gieb mir mein Kind wieder! — Selima! — Selima! —

(er läuft mit ausgebreiteten Armen nach der Hütte.)

Der Eremit. Halt Haſſan! ich habe
deiner Tochter verſprochen, dich vorzubereiten,
und ſie zu benachrichtigen, ob ſie deine Verzeihung hoffen dürfe.

Haſſan. Was vorbereiten! was verzeihen! — hab ich dich wieder gottloſes Mädchen! Komm nur! komm nur, du ſollſt deine
Freude daran ſehen, wie ich mit ihr umſprin-

E 4

gen will. Aber nicht wahr Alter, ein schö=
nes, sanftes Mädchen?

Der Eremit. Ein einnehmendes G'schöpf.

Hassan. Nun so komm, ewiger Plaude=
rer! komm, daß ich sie in meine Arme schlies=
se, und ihr meinen Fluch gebe.

Der Eremit. Laß mich vorangehen Has=
san! ich bitte dich, deine Tochter hat viel ge=
litten, ihre Gesundheit ist schwach. Wenn du
ihr so plötzlich unter die Augen trätest; so
möchten Freude — Furcht — Schaam —

Hassan. Ich verstehe, ich verstehe. —
Nun so geh nur, aber bey allen deinen Heili=
gen beschwöre ich dich: laß mich nicht lange
warten!

Der Eremit. Ich bin gleich wieder bey
dir.

(Er geht nach der Gegend, wohin sich
Selima geflüchtet.)

Fünfter Auftritt.

Hassan (allein.)

Habe ich dich wieder Mädchen! Ist mir's
doch auf einmal so leicht, — so anders, —

so wohl — Ich hätte doch die Spanier nicht
sollen hinrichten lassen. Pfuy Hassan! das
war nicht recht. So ein alter Graukopf, und
brausst noch als hätt' er zuviel Opium genom=
men. — Aber warum reißt ihr mir auch das
Herz aus dem Leibe? Nur Trunkene sollten
den Trunkenbold richten.

Sechster Auftritt.

Dom Pedro (stürzt auf die Bühne, wild um sich
blickend, doch ohne Hassan zu bemerken.)

Dom Pedro.

Trügen meine Augen?
trügt mein klopfend Herz?
sträuben meine Haare,
sich nicht himmelwärts?

Warum dieses Beben,
das mich schnell ergreift?
und der kalte Schauer,
der mich überläuft!

(Er erblickt Hassan und wirft sich
um seinen Hals.)

Hassan! Hassan!

E 5

Haſſan. Menſch! was iſt dir?

Dom Pedro. Gott! was hab ich ge-
ſehen!

Haſſan. Das mag der große Prophet
wiſſen.

Dom Pedro. Wie iſt mir! ich träume
doch nicht?

Haſſan. Das nicht, aber du raſeſt.

Dom Pedro. Ach Haſſan vergieb, vergieb meinen verworrenen Sinnen!

Ich ſchlich auf dieſem Fußpfad nach dem
Walde, mit geſenktem Haupte, und ohne um
mich zu ſehen. Plötzlich ſtand ich vor einer
Marmorſäule von Roſenſträuchen umzäunt —
ſieh dorthin. Der weiße Marmor ſchimmert
dir in die Augen!

Haſſan. Ich kenne, ich kenne die Säule.
Nur weiter!

Dom Pedro. Am Fuße derſelben ein wei-
nender Genius, mit einer verloſchenen Fackel,
und weiter oben der Name — Gott! der Name Donna Eleonora della Torre — Der
Name meiner Mutter!

Haſſan (ſtutzt und betrachtet ihn neugierig.)
Deiner Mutter!

Dom Pedro. Meiner Mutter! — und weiter unten die Worte:

Traurende Liebe widmet dieses Denkmal der leidenden Unschuld. Sie ist nicht mehr! sie ging hinüber zu ihren Schwestern, den Engeln.

Ach! wer kann dieses Denkmal gestiftet haben, als mein Vater, den ich nicht kenne, und dem mein Herz schon lange vergebens entgegen klopft.

Hassan. Jüngling, darf ich deinen Namen wissen?

(mit aufmerksamer Verwunderung.)

Dom Pedro.. Pedro Oliveiro.

Hassan (bey Seite) Unbegreiflich! (laut.) ist die Geschichte deines Lebens kein Geheimniß?

Dom Pedro. Für dich nicht. — Mein Vater liebte die Tochter eines Grands von Spanien. Er wurde wieder geliebt, aber er war arm, und hatte, so wie ich, nichts als seine Ehre und seinen Degen.

Er wagte es endlich, um die Hand des Mädchens zu bitten; man versagte sie ihm. Titel und Reichthum — einzige armselige Empfehlung in dieser elenden Welt. Du weißt Hassan, wie die Großen denken.

Hassan. Nicht in Algier, junger Mann, nicht in Algier. — Aber weiter!

Dom Pedro. Die beyden Liebenden waren untröstlich. Sie schwuren sich wechselseitig ewige Treue, und beschlossen einen günstigen Zeitpunkt abzuwarten. Indeß sahen sie sich zuweilen heimlich des Nachts, und so sehr auch beyde die Tugend ehrten, so ist doch Liebe stärker als Tugend —

Hassan. Das ist auch in Algier so.

Dom Pedro. Die verführerische Dämmerung einer mondhellen Nacht riß sie hin, und eine einsame Laube wurde Zeuge verbotener Freuden, denen ich mein Daseyn verdanke.

Hassan (bey Seite) Von Wort zu Wort.

Dom Pedro. Je näher die Entbindung meiner Mutter rückte, je mehr zitterte sie vor der Wuth ihres Vaters, und dem Elend ihres künftigen Schicksals. Als aber die entscheidende Stunde nahe war, da warf sie sich bebend zu seinen Füßen, und gestand ihr Verbrechen. Seine Wuth war ohne Grenzen. Er würde sie ermordet haben, hätte man sie nicht schleunig seinem Anblick entrissen. Er verstieß und verfluchte sie. Die Zärtlichkeit ihrer Mutter vergab ihr; und bereitete ihr einen verbor-

genen Zufluchtsort auf einem einsamen Land-
hause, wo sie die Stunde ihrer Niederkunft
erwarten sollte. Diese unglückliche Stunde kam.
Meine arme Mutter, durch Kummer entkräf-
tet, brachte mich zur Welt — — und starb.
(Er schluchzt.)

Hassan (seine Thränen verschluckend.) Nu, nu,
weine nicht! Pfui! Schäme dich! weine nicht.

Dom Pedro. Meine gute Großmutter
ließ mich in ein Kloster bringen, wo ich bis
in mein sechzehntes Jahr erzogen wurde. Um
diese Zeit verschaffte man mir eine Lieutenants-
stelle; man versah mich mit allem, was ein
Jüngling bedarf, um in die große Welt zu
treten, und ich frug vergebens nach dem Namen meines unbekannten Wohlthäters.

Endlich, da ich kommandirt wurde, mit
der Flotte des Dom Barcelo vor Algier zu gehen,
wurde ich einige Tage vorher um Mitternacht
von einer alten Duenna zu meiner Großmutter
geführt. Mein Anblick machte den lebhaftesten
Eindruck auf sie, denn ich soll meiner Mutter
sehr ähnlich sehen. Sie schloß mich mit tausend Thränen in ihre Arme, und entdeckte
mir — was ich dir eben wieder entdeckt habe.
Das ehrliche Weib hatte all seinen Schmuck
verkauft, um mir eine anständige Erziehung

geben zu lassen. — Wo mein armer Vater
geblieben, wußte sie mir nicht zu sagen. Er
verschwand gleich nach der unglücklichen Kata-
strophe, und man hält ihn für todt.

Hassan (bey Seite.) Ach, daß ich nicht
herausplatzen darf! (laut.) Aber wie, wenn
er noch lebte!

Dom Pedro. Unglaublich Hassan! würde er in einer Zeit von achtzehn Jahren, sich
nicht ein einzigesmal um das unglückliche Geschöpf bekümmert haben, dem er das Daseyn
gab?

Hassan. Aber wie, wenn er dich für todt
hielt? wie, wenn deine Großmutter, um dich
für den Verfolgungen ihres barbarischen Mannes zu sichern, dich für todt ausgab?

Dom Pedro. Guter Hassan! du möchtest
mich ungerne ohne Trost lassen, und suchst
mich mit Hofnungen zu täuschen. — Zwar
auf dieser Insel muß mein Vater gewesen
seyn! — Gewiß! gewiß! jenes Denkmal ist
sein Werk; diesen Boden hat er betreten. —
Welch eine fremde, enge Empfindung! Ich
muß weinen! — Hassan, noch einmal will
ich den Namen meiner Mutter lesen, und mei-

ne frische Thränen auf die vertrockneten Thränen meines Vaters weinen.

Mutter! du, auf deren Armen
ich als Knabe nie gelallt!
Mutter! deren süßer Name
nimmer in mein Ohr geschallt!
Blick hernieder! blick hernieder!
von des Ewgen Strahlenthron!
Segne, du verklärter Engel,
deinen ganz verwaisten Sohn!

(Geht schwermüthig nach der Gegend
des Denkmals.)

Siebenter Auftritt.

Hassan allein. (ihm nachsehend.)

Freue dich, Hassan! du wirst heute eine
Scene sehn, wie dir noch keine vorgekom-
men! — Alter Pedro! wie er seine alten
Arme ausbreiten — wie er da stehen wird —
Worte suchend — und kaum Silben findend —
Siehst du alter Hitzkopf! hättest du die armen
Spanier verschont; wer weiß, wie mancher
sehnlich erwartete Sohn noch darunter war;
wie mancher gebeugte Vater dich in diesem

Augenblick als einen Unmenschen verflucht. —
Aber Selima — wo bleibt der Alte? —
fürchtet sich das Mädchen vor dem Anblick eines
zürnenden Vaters? — ich bin ja doch ihr Vater! — oder ist ihr ein Unfall begegnet? ——
ich muß sie sehn.

(Er will in die Hütte, der Eremit kommt
ihm entgegen.)

Achter Auftritt.

Hassan, der Eremit, bald hernach Selima.

Der Eremit. Bleib Hassan! das arme
Mädchen zittert vor deinen Augen zu erscheinen.

Hassan. Schon recht! Sie soll auch zit-
tern.

Der Eremit. Fahre sie nicht zu hart an.

Hassan. Mit deiner Erlaubniß Alter! in
meine häuslichen Angelegenheiten mußt du dich
nicht mischen. — Ich muß wissen, wie ein
beleidigter Vater mit seiner Tochter reden darf.
Beym Bart des Muffti! das Mädchen soll
mir nicht umsonst soviel Kummer gemacht haben. Ich will sie sehn.

(er macht eine Bewegung nach der
Hütte zu gehen.)

Der

Der Eremit. Du sollt sie sehn, aber bedenke was du mir versprachst! Sie ist deine Tochter, Fatime ihre Mutter.

Hassan. Schon gut, schon gut, laß sie nur kommen.

Der Eremit (winkt Selimen.)

Selima (zu Hassans Füßen.) Mein Vater!

Hassan (umarmt sie heftig.) Selima! böses Mädchen! — geh mir aus den Augen! — Hast deinen alten Vater umbringen wollen.

(Streit zwischen Liebe und Zorn: Er will sich von ihr kehren.)

Selima (lehnt sich halb ohnmächtig an einen Baum.)

Hassan (nimmt sie in seine Arme, und fährt unter beständigen Liebkosungen fort:)

Was hab ich dir gethan? — hab ich dir je einer deiner Wünsche versagt? — hab ich dir je unfreundlich begegnet? — hab ich dich nicht tausendmal gebeten, den alten mürrischen Vater zu vergessen, und in mir nur den Freund, den Vertrauten zu lieben? — So lohnst du mir meine Liebe? — So lohnst du mir meine Sorgfalt? — heimlich entlaufen, — deinen armen alten Vater im Stich lassen — dessen einzige Freude du bist.

F

Selima.

Laß ab! Laß ab mein Vater!
mich tödtet deine Güte! —
Als die Gewissensangst
auf meiner Wange glühte;
Der Schlaf vorüber ging
vor meinem Augenliede;
als mir im kurzen Schlummer
dein blasses Bild erschien,
mit zorniger Geberde,
mich zu verdammen schien;
da ward ich tief erschüttert!
und Lieb und Pflicht im Streit!
doch dieses Herz erzittert
mehr noch vor deiner Zärtlichkeit.
Nicht diesen Blick der Liebe!
gerechte Rache wüthe!
Laß ab! Laß ab mein Vater!
mich tödtet deine Güte!

Der Eremit. Genug Hassan! keine Vor=
würfe, die zärtlichsten sind am bittersten für
ein fühlendes Herz. Vergieb ihr.

Hassan (gerührt.) Nimmermehr kann ich
dir das vergeben! Bedenke selbst! hätte dich
das Glück nicht wieder in meine väterlichen
Arme geliefert, was würde aus mir geworden

feyn? — Wer hätte mir in der letzten Stun=
de die Augen zugedrückt? Ich würde meine
Hand ausgestreckt haben und Niemand hätte
meinen Segen empfangen. Hungrigen Skla=
ven zum Raube. — Pfui, böses Mädchen,
hab ich das um dich verdient?

Selima. Um Gottes Willen! mein Va=
ter! sie zermalmen mein Herz.

Hassan. Hast du das meinige nicht auch
zermalmt? Gott vergebe dir die Thränen, die
du aus den Augen deines armen Vaters ge=
preßt hast. — Wie du blaß aussiehst! Bist
du krank?

Selima. Nein, mein Vater!

Hassan. Nu, nu, es wäre dir schon recht,
wenn du krank wärst; mit einem jungen Laffen
davon zu laufen, den man vor acht Tagen
zum erstenmal gesehen hat, — konnte das
meine Tochter? Pfuy der Schande!

Selima. O ein liebenswürdiger Jüng=
ling!

Hassan. Und wär' er ein Engel gewesen,
ists drum recht? — Hättest du nicht warten
können, bis der Vater nach Hause kam?
weißt doch, daß ich kein Brumbär bin? Wenn

er ein ehrlicher Kerl war, konnte er dem Vater das Maul nicht gönnen?

Selima. Ach mein Vater! er fürchtete, weil er ein Christ —

Hassan. Christ hin! Christ her! es giebt auch hin und wieder ehrliche Christen. — Wie du aussiehst — Bist ja so schwach, kannst kaum auf den Beinen stehen. — Fort in die Hütte, du hast der Ruhe vonnöthen.

Selima. Ich bin ganz gesund, mein Vater, wenn nur deine Verzeihung —

Hassan. Lüg nicht Mädchen! Du bist krank. Dein Blick ist matt. Deine Wange ist bleich. Aber verzeihen kann ich dir nicht, und will es auch nicht. Fort in die Hütte!

(In die Kulisse rufend.)

He, Muley! Spring aufs Schiff! koch Reiß, leg ein indianisch Hühnchen drein, mach es fein kräftig, und bring es hieher! —

(Zu Selimen.)

Fort Mädchen! in die Hütte! daß Gott erbarm, wie du aussiehst. Ich dir verzeihen? nein nimmermehr!

(Er führt Selimen halb mit Gewalt in die Hütte.)

Neunter Auftritt.

Der Eremit (allein.)

O dieser Turban deckt das Haupt eines
Biedermanns, und ist mehr ehrwürdiger als
eine dreyfache Krone auf dem Schädel eines
Fanatikers. — Mensch, wie lange wirst du
deine Brüder verkennen, und nicht die Menschheit ehren, fändest du sie auch in der Hütte
eines Tungusen.

Zehnter Auftritt.

Haffan zurückkommend, der Eremit.

Haffan (schüttelt dem Eremiten die Hand.)
Das soll dir Haffan Machmut nicht vergessen,
Beym heiligen Grab zu Mecca! Das soll dir
nicht unvergolten bleiben!

Der Eremit. Verzeih deiner Tochter, ihre
Zufriedenheit sey mein Lohn.

Haffan. Verzeihen? Nein Alter, das geht
nicht an; das kann ich durchaus nicht über
mich gewinnen. Du hast gesehen wie ich sie
angefahren habe. Im Grunde that mirs in

der Seele weh, aber Strafe muß seyn. Nein ich will dich besser belohnen.

Der Eremit. Ich danke dir Haſſan! Du meynſt es gut, aber du weißt ich brauche nichts.

Haſſan (in ſich lachend.) Ha! ha! Du wirſt es ſchon brauchen, es wird dich glücklich machen.

Der Eremit (trübe lächelnd.) Glücklich machen? Hat Haſſan mein Schickſal vergeſſen? — Hat Haſſan vergeſſen, daß nur ein naher und ſanfter Tod —

Haſſan. Nichts Tod! nichts Tod! iſt voller Leben durch dich.

Der Eremit. Du ſprichſt ſehr räthſelhaft.

Haſſan (ſchmunzelnd.) Kann wohl ſeyn — Kein Glück mehr für dich auf dieſem Erdenrund? — Guter Alter! Zaghafter Alter! nährſt gar keine Hofnung mehr in irgend einem Schlupfwinkel deines Herzens?

Der Eremit. Keine.

Haſſan. Gut. So ſollſt du glücklich werden, ohne es gehoft zu haben. Der Durſtige, der den kühlenden Apfel in der Sandwüſte findet, labt ſich mehr am Apfel als der, der ihn im blühenden Garten vom Baume ſchüttelt.

Der Eremit. Erkläre dich Haffan.

Haffan. Glücklich follft du werden! hier auf Formentera foll dein Glück beginnen. Dann wirft du in deine Heimath ziehen oder nach Algier zu deinem Freunde Haffan, wann es dir beliebt.

Der Eremit. Du träumst.

Haffan. Du wirft diefes Gewand ausziehen, diefen Bart abfcheren und Kindes=Kinder auf deinem Schooße wiegen.

Der Eremit (ernftlich.) Haffan! spotte nicht meiner Leiden!

Haffan. Du wirft unwillig? beym Bart des großen Propheten, ich spotte nicht (in die Scene.) Pedrillo! Schurke Pedrillo! wo bift du?

Der Eremit. Ich begreife dich nicht.

Haffan. Sollft mich schon begreifen. — Pedrillo! Schlingel Pedrillo! Soll ich dich herpeitfchen laffen?

Eilfter Auftritt.

Pedrillo. Vorige.

Pedrillo. Keineswegs, gnädiger Herr Hassan! Mein Ohr hat sich nur noch nicht an die türkischen Ehrentitel gewöhnt.

Hassan. Komm her Vollwanst!

(Er spricht heimlich mit ihm, und deutet nach der Gegend mit dem Finger, wo Dom Pedro abgegangen.)

Pedrillo. Ich verstehe. Aber gnädiger Herr Hassan es ist weit, und die Schlangen sollen nicht die geringste Lebensart auf dieser Insel besitzen.

Hassan. Lauf Schurke! oder ich laß dich niederstrecken und auf den Bauch paboggiren.

Pedrillo. Auf meinen Bauch?

Hassan. Auf deinen Bauch.

Pedrillo. Mein Bauch ist mein Gott, wer sich an meinem Bauch vergreift, der vergreift sich an Gott!

Hassan. Unzeitiger Spaßmacher!

(Er faßt ihn beym Kragen und stößt ihn fort.)

Zwölfter Auftritt.
Vorige ohne Pedrillo.

Der Eremit. Was willst du mit mir? du peitschest mir das Blut zum Herzen. Löse mir deine Räthsel.

Hassan. Werden sich von selbst lösen. Laß uns indeß von etwas andern sprechen. — —

Ich habe eine ansehnliche Prise gemacht: bringe dir allerley artige Sächelgen mit. Gebrannte Wasser, Schiffszwieback, ein bequemes Feldbett für dich, und eins dito für deinen Fernando; spanische Weine, englisch Bier, französische wohlriechende Pommade, die dem Schiffskapitain zugehörte. Ja wären sie alle solche Hundsfütter gewesen, als der Kapitain; die Prise hätte mich nicht soviel Blut gekostet.

(Zum Eremiten, der in Gedanken versunken ist:)
Hörst du mich nicht?

Der Eremit (erwachend.) Ich höre, ich höre, aber ich trinke kein englisch Bier.

Hassan (lächelnd.) Nu, nu, vielleicht bekommst du Gäste. Aber ich sprach vom Türkenblut, das gestern vergossen worden, und nicht vom englischen Bier.

F 5

Der Eremit (zerstreut.) War dein Verlust
ansehnlich?

Haffan. Beym Alcoran! das war er.
Zwey und zwanzig meiner bravsten Leute, die
zur Schlacht gingen, als setzten sie sich zu einer
Schüssel mit Reiß. Mahomed gebe ihnen die
schönsten Hurien im Paradies dafür. Deine
Landsleute fochten mit unbändiger Wuth. Be=
sonders war da ein junger nasewetser Mensch,
der führte den Säbel so flink, als habe er seit
seinem vierten Jahre mit Säbeln gespielt.
Wann ihm eine Kanonenkugel um die Ohren
pfiff, so schüttelte er mit dem Kopfe, als wolle
er eine Stechfliege von sich jagen; und wenn
meine bärtigen Muselmänner bey halben Du=
zenden auf ihn einstürzten: so lagen sie in einer
Minute gestreckt; als wärens Distelköpfe ge=
wesen. Bey meinem Bart! ich zitterte am
Ende selbst für das Leben des jungen Wage=
halses. Du sollst ihn kennen lernen. Sieh,
dort kommt er her. Du möchtest denken, er
trüge die Sanftmuth im Blicke; aber gieb
ihm einen Säbel in die Faust, und es ist kein
Auskommen mit ihm.

Dreyzehnter Auftritt.

Dom Pedro, Pedrillo, die Vorigen.

Der Eremit (als er ihn erblickt, fährt heftig zusammen.) Gott, was war das!

Dom Pedro (schwermüthig.) Was willst du, Hassan?

Hassan. Dich bekannt machen mit deinem Landsmann. Ihr seyds beyde werth, einander zu kennen.

Der Eremit (für sich.) Die Vergangenheit schwebt vor meiner Seele, wie der gegenwärtige Augenblick — Diese Aehnlichkeit — dieser Ton der Stimme — ich ertrage seinen Anblick nicht!

(Er will abgehen.)

Hassan. Wohin Alter? seit wenn verleugnest du die Gastfreundschaft? Sieh, hier stell ich dir einen Jüngling vor, einen Edlen deines Volkes.

Der Eremit (beklommen.) Ich freue mich seiner Bekanntschaft.

Hassan. Weiter nichts? — Sieh scharf ihm ins Gesicht! — Wie gefällt er dir? —

Sollt er wohl verdienen, die Zahl deiner
Freunde zu mehren?

Der Eremit. Die Freundschaft eines Unglücklichen, den sein Schicksal aus der Welt
verbannte. — —

(Er nähert sich unwillkührlich dem Dom Pedro,
auf den er bald hin, bald wieder wegblickt.)

Dom Pedro. Was klopft in mir? —
Warum bewegt mich der Anblick dieses Grei-
ses so mächtig? — sollte — jenes Denkmal —

(Auch er nähert sich unwillkührlich dem Alten,
auf den er bald hin, bald wieder wegblickt.)

Hassan. (Sieh Jüngling! dieser redliche
Greis rettete mir das Leben! — Alter! wir
sind quitt! Ich gebe dir deinen Sohn wieder.

| Der Eremit. | { | (zugleich.) | Sohn! |
| Dom Pedro. | { | | Vater! |

(Beyde heben zitternd die Arme empor, und
betrachten sich mit funkelnden Augen.)

Der Eremit (läßt die Arme sinken und schlägt
sich vor den Kopf.)

Nein, es kann nicht seyn!

Dom Pedro. Hassan! welch ein grausa-
mer Scherz!

Haffan (ungeduldig.) Nun, da haben wir's! Höre Knabe, wer war deine Mutter?

Dom Pedro (ängstlich nach dem Alten hinstarrend.) Donna Eleonora della Torre.

Haffan. Hatteſt du kein en Vater? oder wenn du einen hatteſt, wie hi eß er?

Dom Pedro (feine Augen i immer auf den Eremiten gel ieftet.)

Dom Pedro Oliveiro. Er verließ fein Vaterland vor achtzehn Jahren. Man hält ihn für todt.

Haffan. Wer fagte dir b iß?

Dom Pedro. Donna Die ina della Torre: Meine Großmutter, meine Er halterin, meine Wohlthäterin.

Der Eremit. So iſt es denn keine Täuſchung! (an feinen Hals.) Mein Sohn!

Dom Pedro (in feinen Ar men. Sprachloſes Entzücke n.)

Haffan (mit einem Blick g en Himmel.) Lächelt, ihr Engel!

(ei ie lange Pauſe.)

Der Eremit. O Sohn! Sohn! Kind des Kummers! wie viele Thr änen habe ich um

dich) geweint! Hofte erst dort den süßen Na=
men Vater von deinen Lippen zu hören. —
Noch wanke ich zwischen Traum und Wachen —
Gott! Gott! deine Wege sind dunkel, aber sie
sind gut. — Stütze mich Sohn! der Freude
war zuviel für mich.

(Dom Pedro führt ihn auf die Rasenbank.)

Dom Pedro. Mein Vater! mein Vater!
Mein Gefühl hat keine Worte — Laßt mich
eure Knieen umfassen, und gebt mir euren Segen.

(Er kniet nieder.)

Der Eremit (legt die Hand auf ihn.)

Gott segne dich! Sey glücklicher als dein
Vater! — Doch halt, ich lästere.

Verzeih mir Allerbarmer!
Wenn mir der Muth entfiel;
du gabst mir hohe Freude
an meines Lebensziel.
So war ich nicht verlassen
bis an mein nahes Grab!
So trocknet noch das Schicksal
mir meine Thränen ab!
Verzeih mir Allerbarmer!
wenn mir der Muth entfiel;
du gabst mir hohe Freude
an meines Lebensziel!

Pedrillo. Kurios!

Haſſan. Nun Alter! hab ich nicht wahr geſprochen? — Weg aus dieſer dürren Einöde! zu mir, zu mir, nach Algier! Laß uns Hand in Hand dem Ziele zu wandeln, daß wir beide nicht kennen. Ich verkaufe mein Schiff, ich bin reich genug für uns Alle. Sey mein Bruder! und du (zu Dom Pedro.) ſey mein Sohn!

Dom Pedro (ergreift ſeine Hand feurig.) Willſt du das?

Haſſan (umarmt ihn) Von ganzem Herzen!

Dom Pedro (im Kampf mit ſich ſelbſt.)

Haſſan! du weißt nicht, an wen du deine Güte verſchwendeſt.

Haſſan. An einen guten Jüngling; an den Sohn deſſen, der mir einſt — und noch heute das Leben rettete.

Dom Pedro. An einen Undankbaren, der von deinem Tiſche geſpeißt und getränkt wurde; dem dein Guardian ſeine Feſſeln erleichterte, weil du ihm Menſchlichkeit befahlſt, der keine Wache hatte, als ſeine eigne Ehre, und der dir zum Dank für alle deine Wohlthaten — dein einziges Kind ſtahl.

Haſſan. Menſch! raſeſt du!

Dom Pedro. Räche dich beleidigter Vä=
ter! du haſt die Unſchuldigen ermordet, und
den Schuldigen verſchont! (er kniet nieder mit
ſteigendem Affett.) Zücke den Dolch! — durch=
bohre dieſen verrätheriſchen Buſen! der Nichts=
würdige der ſich erſchlich in das unbefangene
Herz deiner Tochter, der war ich! der Bube
der ſie entführte, war ich! der Unmenſch, der
dein Vaterherz brach, und mit glühenden
Thränen die Augen netzte, war ich! der Fluch,
den du unwiſſend über mich ausſprachſt, liegt
ſchwer auf mir! nimm deinen Fluch zurück,
und ſtoß mir den Dolch in die Bruſt!

Haſſan (zuckt den Dolch.) Knabe! — doch
für dich war er nicht geſchliffen — für dich
wäre der Tod keine Strafe.

(Er geht mit verſtellter Wuth auf und nie=
der. Mienenſpiel zwiſchen ihm und dem
Eremiten. Dom Pedro noch immer
kniend mit vorwärts geſenktem Haupt.)

Pedrillo (kniet neben ſeinen Herrn heimlich
und zitternd.)

Ach gnädigſter Herr! erbarmen Sie ſich
meiner! erzählen ſie dem geſtrengen Herrn Haſ=
ſan, daß ich an der ganzen Geſchichte ſo un=
ſchuldig bin als ein neugebohrnes Kind! auf
Ihren

Ihren hohen Befehl habe ich das Boot aus
dem Hafen bis an die spanische Flotte geru-
dert, wovon mir noch die Blasen in den Händen nachgeblieben sind. Auch habe ich, sowahr
ich ehrlich bin! in unserm letzten Scharmützel,
keinem einzigen Türken das geringste Leid an-
gethan. Bekennen Sie zur Ehre der Wahrheit, daß ich im untersten Raum hinter einem
Stückfaß lag!

   Hilf heilger Franz von Assisi!
   Eine Wallfahrt will ich thun,
   hin wo deine Knochen ruhn,
   eine dicke Kerze kaufen,
   und nach Compostella laufen,
   Aves plappern spät und früh,
   Hilf heilger Franz von Assisi!

     (H a s s a n öffnet die Hüttenthür.)

       ———

Letzter Auftritt.
Selima und Fernando treten heraus.

Hassan (ergreift Selimen bey der Hand,
    führt sie einige Schritte vorwärts und sieht
    ihr starr ins Gesicht.)
              (Pause.)

Selima. Mein Vater ergrimmt? — —
und dort ein knieender Europäer?
        G

Haſſan. Deſſen Beleidigung nur Blut ab=
zuwaſchen vermag! —

Doch dieſer Tag — er gab dich mir wie=
der. — Heute ſoll kein Blut fließen — (er
läßt ihre Hand los.) geh und kündige ihm ſeine
Verzeihung an!

Selima. Das ſüßeſte Geſchäft! (ſie nä=
hert ſich Dom Pedro.) Sey getroſt armer Unglück=
licher! Mein Vater verzeiht dir! ſtehe auf!

Dom Pedro (als er ihre Stimme hört, fährt
erſchrocken auf, und breitet die Arme aus.)
Selima!!!

Selima. Pedro! — Gott!
(Sie fällt ihm um den Hals.)
(Pauſe.)

Haſſan (tritt zwiſchen ſie und ergreift beyder
Hände.)
Du nahmſt ſie mir — ich gebe ſie dir!
(wirft Selimen in Pedros Arme.)

Dom Pedro und Selima (an ſeinem Halſe.)
Mein Vater!

Pedrillo (ſteht auf.) Der heilige Franz
hat ein Wunder gethan.

Der Eremit. Ich sollte dir Vorwürfe machen, mein Sohn! aber auch mich machte die Liebe zum Verbrecher.

Selima. Dieser redliche Alte dein Vater? — (zum Eremiten) also hast du deiner Tochter das Leben gerettet?

Hassan. Aber Mensch! wenn deine Liebe je erkaltete —

Dom Pedro. Meine Liebe ist ohne Grenzen, wie deine Großmuth! deine Tochter einem Christen —

Hassan (halb unwillig) Nicht dem Christen gab ich meine Tochter! ich gab sie dem biedern Jüngling, der das Mädchen, und in dem Mädchen den Vater glücklich machen wird.

Dom Pedro (betreten.) Du willst also nicht, daß ich aufgenommen werde in den Schooß unserer Kirche?

Hassan (lächelnd.) Habe ich schon von dir begehrt dich beschneiden zu lassen? bist du ein Maltheserritter, daß du dich aufwirfst zum Fahnenträger der Christenheit?

Dom Pedro. Aber — mein Weib eine Türkin, — unsere Priester —

Haffan (hitig) Höre Mensch! Gott sieht nicht auf deinen Hut, und nicht auf meinen Turban! Gott sieht unsere Herzen! willst du so das Mädchen, so nimm sie hin!

Dom Pedro. Wer wird den Segen spre= chen über unsern Bund?

Haffan (legt ihre beyden Hände in einander.)

Den sprech ich! (mit hoher Rührung.) Euch segne der Gott der Türken! Euch segne der Gott der Christen! Euch segne unser — un= ser Gott!

Dom Pedro und Selima (knien nieder.)
Mein Vater!

Haffan (legt die Hände auf sie.)
So weih ich Euren Bund! so vermählt der Vater seine Tochter! die Natur sey Zeuge! Ihr seyd Eheleute vor Gott! vor dem Gott, vor dem der Caraibe und der Kamtschadale sein Knie beugt! Er lohne eure Liebe! Er rä= che euren Meineyd! (er hebt sie auf.) Jüngling, brauchts mehr?

Dom Pedro (in seinen Armen.)
O nein, mein Vater!

Haſſan (zum Eremiten.)
Alter, brauchts mehr?

Der Eremit. Muſelmann, ich bewundre
dich!

Haſſan. Nun, ſo ziehet hin in Frieden!
wenn Euch das nicht bindet; ſo bindet Euch
weder Pfaff noch Iwan.

Chor.

Ziehet hin! ziehet hin in Frieden!
unſer aller Gott mit euch!
unſer Glaube iſt verſchieden,
unſre Herzen ſind ſich gleich.

Der Eremit.

Ja die Prieſter unſers Volkes
lehrten mich zu plappern nur,
aber deinen Namen lallen,
lehrt mich beſſer die Natur.
Vater! Vater! du biſt wahrlich
auch der Muſelmänner Gott!
und ſo ehr' ich dich im Staube,
Allah oder Zebaoth!

G 8

Chor.

Ziehet hin! ziehet hin in Frieden!
unser aller Gott mit euch!
unser Glaube ist verschieden,
unsre Herzen sind sich gleich!

Selima.

Wer vermag es zu vereinen
Liebe und Religion?
Eh noch Christ und Türke waren,
Ach da war die Liebe schon!
und vergehen wird, vergehen
Pfaffenthum und Mahomet!
rauchen werden ihre Trümmer,
wenn die Liebe noch besteht.

Chor.

Ziehet hin! ziehet hin in Frieden!
unser aller Gott mit euch!
unser Glaube ist verschieden,
unsre Herzen sind sich gleich.

Dom Pedro.

Süße Geberin der Freuden!
wie allmächtig ist dein Ruf!
Liebe bringt die Herzen näher,
die sie für einander schuf!

wer von euch hat noch erfahren,
daß die Liebe jemals frug
ob in Süden, ob in Norden
dieses Herz am ersten schlug?

Chor.

Ziehet hin! ziehet hin in Frieden!
unser aller Gott mit euch!
unser Glaube ist verschieden,
Liebe macht uns alle gleich.

Fernando.

Also such ich Möveneyer,
säe, pflanze, spät und früh,
hacke, trage Holz zum Feuer,
auch inskünftge ohne sie?
Nein, ich muß ein Mädel haben!
ohne das kein Königreich!
hat man euch zwölf Jahr entbehret.
O so sehnt man sich nach euch!

Chor.

Ziehe hin! ziehe hin in Frieden!
Lieb ist einer Gottheit Ruf!
Such ein Mädchen, das der Himmel,
dir zum Lohn der Treue schuf.

Pedrillo.

Also wären wir einander
Alle, alle gleich?
also kämen auch die Türken
mit ins Himmelreich?
Nun, ich will in Gottes Namen
nicht zuwider seyn!
zwar sie nehmen uns die Weiber!
doch sie lassen uns den Wein.

Chor.

Ja gewiß! wir sind einander
Alle, alle gleich!
Juden, Türken, Christen, Helden,
wandeln, ohne sich zu neiden,
Hand in Hand ins Himmelreich!
Drum so ziehet hin in Frieden!
unser aller Gott mit euch!
unser Glaube ist verschieden,
unsre Herzen sind sich gleich.